TEENS

Valentina F.

TVUKDB 4

Inseparabili amiche

romanzo

FANUCCI EDITORE

Della stessa autrice:

TVUKDB – Ti voglio un kasino di bene
TVUKDB – Il mio cuore x te
TVUKDB – Il sogno di un amore
Il sogno di Valentina (Valentina F. - Tomatozombie)
TVUKDB – M'ama o non m'ama

Prima edizione: aprile 2010

via delle Fornaci, 66 – 00165 Roma
tel. 06.39366384 – fax 06.6382998
Indirizzo di posta elettronica: info@fanucci.it
Indirizzo internet: www.fanucci.it

Stampato in Italia – Printed in Italy

Progetto grafico: Grafica Effe

Valentina F.

TVUKDB 4

Inseparabili amiche

A mio padre

Se non puoi essere una via maestra,
sii un sentiero.
Se non puoi essere il sole,
sii una stella.
Sii sempre il meglio di ciò che sei.

MARTIN LUTHER KING

Prologo

La testa mi gira vorticosamente e non c'è modo di riuscire a fermarla; si muove come una trottola e mille pensieri insidiosi si annidano nei meandri stretti del mio cervello. Questa mattina, appena alzata dal letto, prima ancora di mettere i piedi a terra, ho capito subito che la giornata sarebbe stata interminabile, e dopo essermi trascinata a fatica fino in bagno, la situazione è peggiorata. Ho pensato che stavo per prendermi qualche virus, uno di quelli micidiali che ti fanno morire nel giro di poche ore in modo violento e doloroso. Oddio, quando sono nervosa mi piace crogiolarmi dentro la mia vena drammatica!

La cosa strana è che dovrei avere tutt'altro stato d'animo, o per lo meno ci si aspetterebbe questo; invece la mia mente ha deciso di farsi prendere dall'ansia, impedendomi di ragionare con lucidità. Ed è tutto il giorno che va avanti così. Continuo a fissarmi allo specchio della camera da letto come se aspettassi qualche segnale, che ovviamente non potrà arrivare. Il viso esprime tutto il terrore che provo, tanto che al confronto un'interrogazione con il prof di storia sarebbe una passeggiata. Guardo il mio corpo in slip e reggiseno e con disgusto apro le ante dell'armadio cercando di pensare a qualcosa che mi distragga; ma niente, la testa gira ancora più vorticosamente, neanche dovessi preparami per il primo giorno di lavoro. Odio sentirmi inadeguata di fronte alle situazioni, cosa che succede praticamente tutti i giorni, e odio ancora di più quando qualcuno cerca di farmi capire che non ce n'è motivo. Affondo la testa nei vestiti appesi e chiudo gli occhi. Okay, devo respirare e fare finta che sia una serata come tante; non è certo la prima volta che invito Marco a casa mia. Ma è inutile, non ci riesco. Lo so, oggi è diverso; stasera per la prima volta ci rivediamo dopo aver chiuso la storia con Mirko. Sappiamo entrambi che è un momento speciale, e al solo pensiero di quando suonerà alla porta e andrò ad aprire mi tremano le gambe. Sono patetica, sì sì, sono assolutamente ridicola, come se Marco non mi conoscesse, come se non sapesse che ho la pancetta, che la cellulite mi sta già trasformando in un limone bitorzoluto, che ho le cosce grosse come prosciutti e le braccia simili a due salsicce. Riemergo dal fondo dell'armadio e guardo con odio lo specchio. Cosa ci troverà in me? Ho le gambe a X, e ora che porto i capelli corti il mio viso sembra un panettone. Sospiro indispettita e provo a concentrarmi ispezionando uno per uno i vestiti appesi alle stampelle, senza trovare niente di adatto. Com'è possibile che ho abiti che sembrano più adatti a una signora anziana? Come mi è venuto in mente di comprare quel vestito blu con i fiorellini marroni? Per non parlare di questi osceni pantaloni grigi che mi fanno il sedere come una mongolfiera! Che tristezza, non ne uscirò viva, penso buttandomi sul letto. L'unica cosa da fare è chiamarlo e dirgli che mi sono ammalata; in fondo già mi sento la febbre, continuo a pensare avvicinando la mano alla fronte.

La porta si apre leggermente e vedo Nuvola farsi strada.

«Hai sbagliato momento, non penserai che ti porti fuori proprio ora?»

Mi guarda alzando un orecchio, poi si gira ed esce dalla stanza in silenzio.

Afferro il cell e chiamo la mia amica.

«Ho bisogno d'aiuto» esordisco senza neanche salutarla.

«Cos'è successo?»

La metto al corrente della mia visione apocalittica e lei ridacchia divertita.

«Vuoi che ti presti qualcosa io?»

«Non mi entrerà mai!» piagnucolo.

«Vale, la fai finita con questa storia? Mi ricordi Giò, quella volta che ha dato di matto a casa sua.»

Ma sì, certo, era il mio compleanno di due anni fa.

Il paragone mi fa ammutolire di colpo; non ci credo, non posso essere diventata così isterica!

«Cerco qualcosa di adatto e arrivo; nel frattempo non fare danni, fai un bel bagno caldo, così ti rilassi. Mi è venuta in mente una cosa che potrà aiutarti. A che ora arriva?»

«Tra due ore.»

«Perfetto, volo.»

Chiudo e mi dirigo verso il bagno, quando sento delle risa provenire dalla camera in fondo. Tiro dritto e mi affaccio sulla porta. Mia madre sta giocando con Giulia sul letto, e nessuna delle due sembra notare la mia presenza.

«Mamma, ti ricordi che stasera viene Marco a trovarmi?»

Lei si gira e mi sorride affettuosamente.

«Certo che me lo ricordo. Ho cucinato anche per lui.»

La guardo costernata: non mi dire che si è dimenticata!

«Ti avevo chiesto...»

Ma lei non mi fa finire la frase.

«Lo so, lo so; ci stai cacciando di casa. Giulia, ti sembra carino quello che tua sorella sta facendo? Non si sono mai visti i figli mandare via i genitori dalla loro casa per una cena con il fidanzato.»

Alzo gli occhi al cielo. Quando fa la spiritosa non la sopporto.

«Prendimi pure in giro, non ti rendi conto di quanto è grave questa situazione.»

Mi guarda in modo buffo e scoppia a ridere.

«Vale, dovresti vedere la tua faccia. Perché sei così preoccupata? Stiamo parlando di Marco... o mi sbaglio?»

«Appunto» dico.

«E allora, dov'è il problema?» risponde, alzandosi e venendomi vicino.

«Non lo so; sono nervosa e agitata.»

Mi osserva a lungo senza dire niente, ma il suo sguardo mi lascia capire che ha colto perfettamente il problema.

«Spero di non commettere uno sbaglio a lasciarti sola con Marco.»

«Mamma!»

Lei mi mette un dito sulle labbra e mi stringe a sé.

«Non farmi pentire della fiducia accordata.»

Non ho il coraggio di dire niente. Sono mesi che Marco insiste per venire a letto con me e io, finora, mi sono nascosta dietro la storia con Mirko finita male; ma ora ho esaurito tutte le scuse possibili e immaginabili, per cui sappiamo entrambi che questa sarà finalmente la nostra serata, ed è proprio questo a mettermi in ansia. Avrei preferito non fosse così scontato ma in realtà lo è. Non che non mi vada, intendiamoci; non so da quanto tempo aspettiamo questo momento, ma sono agitata come se non l'avessi mai fatto. In fondo sono stata solo con Miguel, ma quella volta non la conto affatto, e con Mirko, che sotto quell'aspetto era fantastico, devo ammetterlo. Ma la verità è un'altra: ho paura di scoprire che tra noi non funzionerà, che non mi piacerà farlo con lui o, cosa ancora più umiliante, che lo possa deludere.

«Conosco quello sguardo, stai correndo con la fantasia: a cosa pensi?» Mia madre mi strappa dai miei pensieri.

La guardo con aria incerta.

«Forse non sei ancora pronta. Ricordati che non bisogna avere fretta» continua, come se mi avesse letto nel pensiero. Ovviamente non è così, perché altrimenti saprebbe che sono pronta da tempo. Mi dispiace non poter condividere certe cose con lei; ma come si fa a dire a tua madre che sei già andata a letto con un ragazzo da diverso tempo? È vero, lei mi ha fatto chiaramente capire che vorrebbe le raccontassi di più, ma tutte le volte che mi sono trovata sul punto di rivelarle ogni cosa, mi è mancato il coraggio.

«Devo andare a fare la doccia. Tra poco arriva Marta per darmi una mano. A che ora uscite?» chiedo, cambiando argomento.

«Tuo padre sarà qui tra mezz'ora.»

Annuisco e sgattaiolo via prima che possa aggiungere altro.

Esco dal bagno venti minuti dopo, decisamente più rilassata, e non appena entro nella mia camera trovo Marta seduta sul letto insieme a una ragazza minuta. Guardo la mia amica senza capire e lei mi fa segno di entrare. Chiudo la porta e mi siedo sulla sedia di fronte a loro in religioso silenzio. Sembra un momento solenne, l'attimo prima di una grande rivelazione.

«Lei è Teresa, e fa dei massaggi fantastici.»

Strabuzzo gli occhi e salto dalla sedia.

«Siediti, Vale, è quello che ci vuole per te!» sentenzia Marta, decisa.

Non credo alle mie orecchie; non se ne parla proprio di farmi fare un massaggio. Provo a protestare cercando di non offendere Teresa, ma Marta è irremovibile. Mi prende il panico e afferro la mia amica, portandola fuori dalla stanza.

«Tu sei pazza, non ho alcuna intenzione di farmi fare un massaggio, non l'ho mai fatto in vita mia.»

«E non sai cosa ti perdi!»

Ehi, ma questa è una novità.

«Marta, da quando ti fai fare i massaggi?»

«Li ho scoperti per caso prima di Natale, non te ne ho parlato perché sapevo che saresti stata scettica. Un giorno ho accompagnato mia madre al centro estetico dove va di solito e mentre l'aspettavo le ho chiesto se ne potevo provare uno, e da quel momento ho scoperto un nuovo mondo.»

La guardo costernata: ma non è roba da vecchi?

«Teresa è una maga, dopo un suo massaggio ti senti da dio. Non hai idea, devi provare.»

Scuoto la testa e la guardo mentre elogia gli effetti miracolosi della ragazza seduta nella mia stanza, che tra l'altro non ha ancora detto una parola. Possibile che Marta sia andata fuori di testa? E se così fosse, come ho fatto in questi mesi a non accorgermene? Alla fine capisco che non ha senso mettermi a polemizzare con lei proprio ora.

«Okay, ti credo, ma non oggi. Non sono nello spirito per provare questa esperienza mistica!» le dico scherzando.

«Ma...»

L'abbraccio e scoppio a ridere di gusto.

«Grazie, Marta, sei riuscita a farmi rilassare, all'improvviso mi sento più tranquilla. Forse avevo solo bisogno che qualcuno mi distraesse, se l'avessi saputo ti avrei chiamata prima.»

Lei rimane interdetta e sta per aprire di nuovo bocca, ma la precedo.

«Ti prego, non insistere. Non è il momento giusto, Marco sarà qui tra un'ora al massimo.»

Senza aspettare la sua replica, spingo Marta verso la mia stanza e mi rivolgo alla ragazza.

«Scusami se la mia amica ti ha fatto venire fino qui per niente, ma sono terribilmente in ritardo.»

Lei si alza e prende le sue cose.

«Figurati. In bocca al lupo per la serata!»

«Crepi.»

Mentre stanno per andare via trattengo Marta.

«Non è che dobbiamo pagarla?» chiedo imbarazzata.

«Tranquilla, avanzavo ancora un massaggio.»

La guardo sempre più stupita, ma lei mi previene e sussurra: «Un regalo di mia madre... torno tra poco.»

Mezz'ora dopo la mia amica è sdraiata sul mio letto, accanto a una montagna di vestiti.

«Di tutto quello che ti ho portato vuoi metterti semplicemente dei jeans e una maglietta?» chiede Marta, con voce accorata.

«Lo sai che non mi piace vestirmi in maniera troppo ricercata.»

«Ho capito, ma ci sono anche delle vie di mezzo.»

Annuisco distratta, ho appena notato un brufolo sul mento. E questo quando è uscito fuori?

«Almeno una gonna» continua, sventolandone una delle sue.

«Dovresti essere contenta che abbia finalmente trovato qualcosa da mettermi, e poi in fondo stiamo parlando di Marco, giusto?»

«Questo vuol dire che non c'è bisogno di vestirsi carine per uno che conosci da così tanto tempo?»

«Non volevo dire questo, solo che lui mi ha visto sempre così.»

«Eppure prima di te si è fatto una storia con una ragazza a cui non avresti mai pensato. E ti sei forse dimenticata che è stato anche con quella vipera di Federica?»

Mi giro a guardarla.

«A parte Federica, chi era questa ragazza di cui parli? Di quanto tempo fa stiamo parlando?» chiedo con aria indagatrice.

Lei arriccia il naso e gioca con una ciocca dei capelli.

«Gelosa?»

«Ma figurati» rispondo risentita, poi ci ripenso. «Okay, forse un pochino.»

«Niente di importante, prima di Natale, credo.»

Strano, non mi ha detto niente.

«E com'era?»

«Molto, ma molto carina. Tanto che mi sono chiesta cosa ci faceva con uno come lui.»

«Perché? Marco non è mica brutto.»

Lei alza le spalle.

«No certo, ma era sicuramente più grande di lui, e molto sofisticata. Sempre truccata e vestita in modo ricercato; insomma, una di quelle che ti giri a guardare.»

«E poi?»

«Non so bene cosa sia successo, ma penso che l'abbia scaricata. Magari a causa tua» conclude, ridacchiando.

Sorrido soddisfatta.

«Tu invece, hai intenzione di non avere più storie dopo Giacomo?»

Marta si stiracchia e affonda la testa nel cuscino.

«Finora non ho incontrato nessuno che mi piacesse veramente.»

«Non ci posso credere. Con tutti i ragazzi che frequentano la nostra scuola?»

«Tipo?»

«Alessio, quello della terza B.»

«Troppo arrogante.»

«Il biondino della seconda D.»

«Troppo stupido.»

«Quello arrivato l'anno scorso... come si chiama... Andrea! Terza C.»

«Troppo basso.»

«Mi sembri troppo selettiva.»

Lei si gira appena, poi si guarda le mani.

«Senti, l'unico veramente decente è off limits.»

Mi giro di scatto a guardarla: finalmente qualcosa di interessante.

«Be'?» chiedo, vedendo che non dà cenno di voler svelare il nome.

«Lascia perdere.»

Stiamo scherzando? Mi lancio sul letto e comincio a fare il solletico.

«Smettila, Vale, tanto non te lo dico.»

«Vedremo» e insisto facendola contorcere dalle risate.

«Vale, stavo scherzando, non c'è nessuno» risponde, cercando di allontanarmi.

«Ti conosco troppo bene, stai mentendo. Voglio spere come si chiama.»

«No, smettila, Vale.»

«Perché non me lo vuoi dire? Che male c'è?»

Lei, fattasi improvvisamente seria, mi guarda, ma non aggiunge altro.

In un attimo ho un lampo e capisco.

«Mirko.»

«Figurati!»

Ma i suoi occhi dicono altro.

Mi alzo dal letto e vado verso la finestra.

«Puoi dirmelo, non ci rimango male, ormai ci siamo lasciati. Anche se non l'avrei mai detto...»

«Ma se eri convinta che mi stavo facendo una storia con lui alle tue spalle!»

Arrossisco imbarazzata.

«Devi ammettere che non ero molto lontana dalla verità, ho solo sbagliato persona. Qualcosa stava succedendo.»

Lei annuisce e non aggiunge altro.

«Non mi hai mai detto che ti piaceva.»

«Fin dalla prima volta che l'ho visto, non te l'ho mai nascosto.»

«Sì, ma così, per gioco. Non pensavo fossi seria.»

«Poco importa, prima stava con te, e adesso si è messo con Sara. A proposito, vi siete chiarite?»

«Non ne ho proprio voglia, sono ancora offesa con lei.»

Non riesco ancora a perdonarla; non doveva far passare del tempo prima di parlarmi, doveva affrontarmi appena successo. Le vere amiche si comportano in questo modo, sono leali le une con le altre.

«Dài, Vale, non ti sembra di esagerare?»

«Proprio tu mi vieni a dire questa cosa?» E penso a come c'è rimasta male quando ha saputo che Giacomo si vedeva con un'altra ragazza mentre stava ancora con lei.

«Non voglio giustificarla, ha sbagliato. Ma non l'ha fatto apposta, non sapeva come dirtelo. E poi perché non ce l'hai anche con lui?»

Non lo so... anzi, lo so: con lui mi sento in colpa per via di Marco. È vero, non ha molto senso fare una distinzione del genere, non è molto razionale; dovrei essere felice per tutti e due, e una parte di me lo è, ma l'altra si sente tradita da un'amica.

«Tutto ciò è irrazionale, lo ammetto; magari tra un po' vedrò le cose sotto una luce diversa. Ora è troppo presto.»

«Sara soffre molto per questa situazione e non sa come comportarsi con te.»

«Maggiore sincerità?»

Marta si alza dal letto e si avvia verso la porta.

«Prima o poi dovrete chiarirvi una volta per tutte. Adesso vado, prima che arrivi mio fratello. A domani.»

«Non pensare che mi sia dimenticata la questione Mirko» le dico accompagnandola alla porta.

«Non c'è niente da aggiungere, e poi lui non mi ha mai visto sotto quella luce, e ormai siamo amici.»

«Ma...»

«Vale, non ho detto che sono innamorata di lui, solo che è l'unico carino e decente all'interno della scuola.»

«Me lo diresti se fosse qualcos'altro?»

«Giuro.»

«Okay. A domani.»

«Non fare troppi danni.»

«Ci provo» e chiudo la porta dietro di lei.

Il campanello della porta mi fa sobbalzare, e prima di aprire mi osservo allo specchio dell'ingresso. Sistemo i capelli e noto che mi tremano le mani. Ancora imbarazzata apro, e senza neanche salutarlo fuggo in bagno dicendogli che non sono ancora pronta; mi siedo sul water pensando a quanto posso essere stupida e ridicola. Dopo un po' di tempo Marco bussa alla porta, preoccupato dal mio silenzio e dal fatto che non sono ancora uscita. Per tranquillizzarlo apro il rubinetto dell'acqua e sposto qualche oggetto, tanto per fare un po' di rumore. Alla fine, non avendo più altra scelta, apro la porta e me lo trovo appoggiato al muro di fronte ad aspettarmi pazientemente. In silenzio si avvicina e mi spinge di nuovo nel bagno.

«Marco» provo a protestare.

«Ssh, non dire niente» risponde, baciandomi.

«Finalmente,» mi sussurra sulle labbra «stavo cominciando a pensare che fosse successo qualcosa e non sapevi come dirmelo.»

Sorrido appena, ma non smetto di rimanere incollata al suo collo.

«Avrei voluto saltarti addosso appena hai aperto la porta, ma non me ne hai dato il tempo.»

Sento le sue parole farsi strada dentro di me, e un piccolo brivido salirmi lungo la schiena.

Affondo le mani nei suoi capelli e lo guardo negli occhi.

«Sono contenta che tu sia qui» dico, con un leggero tremito nella voce.

«Non l'avrei detto, anzi sembrava proprio il contrario.»

Mi spinge contro il muro e si impossessa di nuovo della mia bocca. Il mio cuore fa un salto, mentre continuo a osservarlo come se non pensassi fosse reale, ma solo frutto della mia fantasia. Invece eccoci qui di nuovo insieme, solo io e lui.

C'è un modo per fermare il tempo? Sarei disposta a pagare qualsiasi prezzo, sono sicura che ne varrebbe la pena.

I suoi baci sono dolci ma anche impazienti, rido divertita al solo pensiero.

«A cosa stai pensando?» mi chiede incuriosito.

«A te.»

«Perché quella faccia? Ho fatto qualcosa di buffo?»

«No, no.»

«Stavi ridendo dei miei baci.»

«Marco, cosa vai a pensare?»

Ma lui non sembra convinto e si allontana da me. Cerco di coprire la distanza, ma lui mi ferma con la mano.

«Ultimamente sei diventata più perfida» dice improvvisamente, duro.

Lo guardo confusa, sorpresa, ma i suoi occhi sembrano distanti. Dov'è andata a finire la magia di un attimo fa? Mi sento ferita.

«Perché dici questo?» chiedo, sentendo che l'aria è decisamente cambiata.

«Volevo far finta di niente, volevo ignorare le sensazioni che ho avuto negli ultimi tempi, ma non ci riesco. È così, si vede da come hai gestito tutta la storia con Mirko e con me. Ammettilo, hai fatto il bello e cattivo tempo, ti sei tenuta tutte e due le storie in ballo finché non hai capito che Mirko ne aveva un'altra.»

Lo guardo costernata; cosa diavolo gli è preso?

«Non capisco, Marco, perché mi dici questo proprio ora? Pensavo fosse tutto già chiarito.»

«Rispondi alla mia domanda. Non è forse vero?»

«No, non ho lasciato Mirko per questo motivo, avevo già deciso di farlo e lo sai bene. Te l'avevo anche detto.»

«Peccato che avevi omesso di dirmi che lui aveva una storia con Sara.»

Deve essere stata Marta... sì, è colpa sua, come le è venuto in mente di andargli a raccontare una cosa del genere?

Ma no, cosa penso, Marta non farebbe mai niente del genere. Devo essere proprio fuori di testa per pensarlo.

«Insomma, Marco, smettila di accusarmi di essere quella che non sono. Credevo fosse importante stare finalmente di nuovo insieme. Ma a quanto pare mi sono sbagliata.»

Lui mi guarda, poi mi afferra per un braccio e mi avvicina a sé con forza. Lo guardo inebetita. I suoi occhi si sono ridotti a una fessura e l'azzurro è diventato solo un lago ghiacciato. Rabbrividisco e cerco di allontanarmi, ma Marco non lascia la stretta.

«Voglio sapere la verità, sono stanco di tutti questi giochetti. Una volta per tutte mi devi dire se hai lasciato Mirko perché volevi stare veramente con me o se sono solo la seconda scelta.»

«Io...» non riesco ad andare avanti, mi sento un nodo alla gola. Come può dubitare del mio amore? Eppure mi sembrava di avergliela dimostrato un'infinità di volte. Perché sta succedendo tutto questo? E io che pensavo sarebbe stata una serata romantica.

«Forse hai bisogno che ti aiuti a rinfrescarti le idee?» mi incalza sempre più implacabile.

Sono talmente stordita da restare immobilizzata. Non mi rendo subito conto di quello che succede, ma in un attimo mi trovo sotto la doccia e un violento scroscio d'acqua mi inonda completamente. Urlo terrorizzata e mi copro il viso con le mani; l'acqua si insinua dappertutto facendomi sentire a disagio. Per fortuna ha avuto l'accortezza di aprire quella calda, penso in uno sprazzo di lucidità!

Dopo il primo momento di smarrimento, il mio cervello riprende il controllo e con un gesto deciso afferro il braccio della doccia e lo direziono verso Marco. Preso alla sprovvista, indietreggia e scivola sul pavimento bagnato. Approfittando del vantaggio, esco dalla doccia e provo a raggiungere la porta del bagno, ma lui è più veloce, mi tira per i jeans facendomi cadere su di lui.

Sto per urlare di nuovo, ma le sue labbra premono con forza sulle mie.

Non ci posso credere. A tutto avrei pensato meno che questa serata diventasse un incontro di wrestling.

«Sto ancora spettando una risposta» bisbiglia, bloccandomi con il corpo.

Piccole goccioline d'acqua mi scivolano sugli occhi; le scosto con la mano, ma non faccio niente per evitare che finiscano addosso a Marco.

«Sei completamente matto. Non ho alcuna intenzione di risponderti» gli dico, cercando di girare la testa da un lato all'altro.

«Stai giocando con i miei sentimenti, non voglio permettertelo più. Il problema è che sono pazzo di te, Vale.»

Ansimo mentre cerco di ignorare le reazioni contrastanti del mio corpo. Contro ogni logica vorrei baciarlo disperatamente, e per la frustrazione mi vengono le lacrime agli occhi.

«Al momento so solo che sei fuori di testa. Lasciami andare immediatamente o mi metto a urlare di nuovo» rispondo, cercando di cancellare le emozioni.

«Mi fai impazzire di più quando sei arrabbiata» dice con uno sguardo indecifrabile.

Cos'è? Uno scherzo? Che fine ha fatto il Marco che conoscevo prima? Si è trasformato nel lupo cattivo e non me ne sono accorta? E io che pensavo fosse Mirko il vampiro! Eppure, nonostante continui a opporre resistenza, sento il desiderio irrefrenabile di affondare le mani tra i suoi capelli, per poi morderlo sulle labbra con forza, quasi con rabbia; oddio, sono pazza come lui!

«Perché stai facendo questo?» chiedo.

«E tu, ti sei mai domandata quello che mi hai fatto passare?»

«Ma adesso le cose sembravano finalmente risolte.»

«Forse nella tua testa. Non ti sei chiesta neanche per un attimo che forse avevo bisogno di maggiori conferme? Che poteva non bastarmi la tua telefonata in cui mi dicevi solo 'ho lasciato Mirko'? Dovevi immaginare che sarei venuto a sapere tutta la storia. Sai qual è la cosa che più mi ha fatto stare male? Scoprire che per te non fosse importante raccontarmi ogni cosa.»

Ah, ora capisco, ecco qual è il problema.

In un secondo mi sento morire, e lo guardo dritto negli occhi. Come ho potuto essere tanto egoista? Un sentimento di immensa tenerezza lascia il posto a tutto il resto.

«Perdonami, Marco; non volevo assolutamente ferirti, te lo giuro. Mi dispiace veramente tanto se ti ho fatto soffrire. Hai ragione, non ho pensato neanche per un momento che avessi bisogno di essere coinvolto; e la storia di Sara te l'avrei raccontata più avanti, con calma. È che... è successo tutto così in fretta, anch'io non so cosa pensare di tutto questo casino. Però hai ragione, ho sbagliato, dovevo spiegarti che nonostante la situazione fosse molto più complicata, una cosa era certa: non eri e non sei un ripiego, bensì la prima scelta. Mi devi credere, prima ancora di scoprire tutto quanto avevo già deciso che volevo stare solo con te.»

Marco non dice niente.

«Scusa, scusa, scusa. Mi puoi perdonare?» continuo.

«Non ne sono sicuro.»

«Ti prego.»

«Non te lo meriti.»

«Marco...»

Lui chiude gli occhi e mi lascia andare.

«Mi sento come Don Chisciotte, forse mi sto ostinando a combattere una battaglia già persa.»

Mi si stringe il cuore.

«Non dire così, ti prego.»

«Ti voglio talmente tanto che a volte la mia testa gira furiosamente e mi fa perdere l'orientamento. Non pensavo mi sarebbe successo di nuovo, in verità mi ero ripromesso che non sarebbe mai più capitato; volevo lasciarti stare una volta per tutte. Ma, come ben sai, non ci sono riuscito, anzi ci sono ricaduto di nuovo. Il problema è che sei una droga per me, ogni volta ne voglio di più, e guai a stare senza.»

Mi faccio più vicina.

«Non voglio farti soffrire.»

Poggio la mano sul suo petto bagnato e il contatto con il suo corpo mi fa rabbrividire.

«Hai freddo?» mi chiede.

Nego con la testa e lo attiro a me.

«Noi siamo fatti per stare insieme, e niente e nessuno potrà impedircelo. Se questa cosa non ti è entrata ancora nella zucca vuol dire che non hai capito niente.»

Passo il polpastrello sulle sue labbra e chiudo gli occhi.

«E poi adoro Don Chisciotte» continuo con voce rauca.

Riapro gli occhi e mi perdo nel suo mare blu che è tornato calmo.

«Cosa stai aspettando?»

Marco increspa le labbra con aria provocante e mi bacia.

«Non ti ho mai visto in veste di conquistatrice, mi piace questa inversione di ruoli.»

«Ah sì? E questo non è niente.»
Lui alza un sopracciglio.
«Penso che dovremmo cambiarci. Siamo tutti bagnati.»
«Tu dici?»
Annuisco e gli mordo un labbro.
«Non voglio ammalarmi proprio ora. Ho altro in mente.»
«Tipo?» chiede sorridendo.
«Tipo questo» e lo bacio.
«Mmh, carino, ma niente di che» risponde ridacchiando.
Faccio passare le mani sulla sua schiena e mi riaffiorano le emozioni di poco prima; lo graffio, facendolo sobbalzare.
«Ehi, siamo anche diventate aggressive» dice, e per tutta risposta mi sfila la maglietta.
«Ma cosa stai facendo?»
«Ti aiuto a spogliarti. Non vorrei ti prendessi davvero un raffreddore.»
Ci fermiamo un attimo, il tempo sembra sospeso.
«La colpa sarebbe soltanto tua.»
«Mia? Perché?»
«Ti vorrei ricordare cos'hai combinato in questo bagno. Come ti è venuto in mente di buttarmi sotto la doccia?»
«Mi stai forse dicendo che ho esagerato?»
Gli do un leggero schiaffo sulla guancia.
«Se mai dovessi riprovarci te ne pentiresti amaramente!»
«Mi piace questo tono minaccioso. Ti aiuto a togliere i pantaloni» e mi slaccia il primo bottone.
«Non se ne parla neanche» rispondo svicolando; esco di corsa dal bagno e in un lampo sono in camera mia, ma non faccio in tempo a chiudere la porta che Marco è dietro di me. Nel giro di un minuto i nostri vestiti sono

sparpagliati per terra mentre rotoliamo avvinghiati sopra il letto. Il freddo che poco prima mi stava penetrando nelle ossa sembra aver lasciato il posto a un caldo torrido. Ci baciamo una, dieci, cento, mille, ma che dico, centomila volte, e poi ancora e poi di nuovo. Il mio corpo freme sotto le sue mani mentre le mie gambe si attorcigliano intorno alle sue. Lo sento sospirare di piacere mentre è concentrato a perlustrare la mia pancia. Colta da un leggero imbarazzo mi copro con il lenzuolo.

«Cosa fai, ti nascondi?» mi chiede buttandosi sotto anche lui.

Afferro il suo viso e lo obbligo a girarsi verso di me. Ci guardiamo un momento senza parlare e i nostri occhi si intrecciano e cominciano una danza che esprime più di mille parole. I nostri respiri si fondono e le nostre anime diventano una. Sento la sua mano muoversi delicatamente tra le mie gambe e per un secondo mi sento confusa e indifesa. Ma i suoi occhi sono talmente profondi e intensi da non lasciarmi ombra di dubbio, è lui quello che voglio, è lui che aspetto da anni o forse da secoli; è la mia anima gemella, il mio vero e solo principe azzurro. Non esistono altri se non lui: il mio, il solo e unico amore.

«Ti amo, Marco» gli sussurro all'orecchio.

«Ti amo, Vale.» E in un attimo siamo uno dentro l'altra e tutto il resto viene spazzato via come sabbia al vento.

1

Giugno inoltrato.

Ormai è tempo di pensare alle vacanze, il caldo estivo si fa sentire sempre più insistente e il mio stato d'animo rispecchia la stagione. La scuola sta per finire e non vedo l'ora di poter dormire fino a tardi senza essere svegliata da quell'orrendo aggeggio che mi riporta tutti giorni alla dura realtà delle lezioni. Il calore intenso che arriva dall'asfalto delle strade mi fa rimpiangere di aver preso il motorino. Oggi vado a pranzo da Giorgio, non lo vedo da parecchio tempo. Sono contenta di poter passare il pomeriggio con lui, sono secoli che non ci dedichiamo l'uno all'altra. Percorro il Lungotevere bloccato dal traffico e sgattaiolo tra una macchina e l'altra stando ben attenta a non finire dentro a qualche buca che può apparire all'improvviso. La gente sembra assonnata e si muove come un grande serpentone addormentato, con piccoli movimenti e lunghe soste.

Marco aveva da fare tutto il giorno e Marta doveva andare alle prove del gruppo, così ho deciso di chiamare Giorgio e mi sono fatta invitare a casa sua per pranzo. Sono felice, da quando mi sono rimessa con Marco: le cose vanno alla grande e il tempo sembra scorrere più velocemente. Sono talmente contenta che non faccio più caso a mille piccoli dettagli che prima mi risultavano insopportabili, come aiutare mia madre a fare la spesa, oppure rimanere a casa con mia sorella. Mi sento anche più rilassata rispetto alla storia tra Mirko e Sara, tanto che è già capitato più di una volte di uscire tutti insieme e io non ho provato nessun imbarazzo a vederli vicini; mi sembra una grande vittoria. Certo, le ombre tra Sara e me continuano a esserci, nel senso che non ci sentiamo più al telefono né usciamo da sole. E tutte le volte che Marta prova a dirmi di invitare anche lei quando usciamo noi due, mi oppongo categoricamente. Saranno anche passati dei mesi, ma non riesco a passare sopra il suo comportamento. Eppure, a volte mi manca come amica. Mi manca quel suo modo di fare così razionale e fin troppo serio, mi manca la sua visione del mondo, mi manca scherzare con lei sulle sue macabre passioni; ma più di ogni altra cosa mi mancano le nostre uscite tutte insieme, compresa Giò, che ormai vediamo di rado. Ma mentre con quest'ultima ci sentiamo tutti i giorni nonostante sia distante e non frequenti più il nostro giro, con Sara sembra veramente che si sia alzato un muro insormontabile. Lei si vede molto spesso con Marta e continua a sentire anche Giò a Firenze, e a volte penso di chiamarla, ma quando mi appare il suo numero sul display del cell non ho il coraggio di premere il tasto e chiudo subito il telefono.

È strano come non riesca a mandare giù il fatto che sia stata con Mirko senza dirmelo, anche se dovrei sapere di cosa si parla, visto quello che ho combinato in passato. Ogni tanto mi scopro a sbirciarli a scuola mentre si abbracciano e mi viene da chiedermi se si amano veramente come me e Marco. Direi di sì, da come si cercano. E tutto sommato penso siano perfetti, fatti l'uno per l'altra; ma poi mi prende una forte nostalgia per quello che ho condiviso anche con Mirko. Mi manca la sua stravaganza, la sua imprevedibilità, ma soprattutto il suo famoso rifugio segreto. Esatto, quella è la cosa che più mi dispiace di aver perso. La casa della nonna è un posto talmente magico che a volte mi ritrovo a pensare di volerci andare con Marco, per far conoscere anche a lui un posto tanto fantastico e meraviglioso. Sono sicura che la nonna di Mirko gli piacerebbe. Quando ti lasci con qualcuno, ci sono sempre degli aspetti che rimpiangi, che non vorresti mai perdere o dimenticare, e ti piace pensare che possano rimanere anche dopo, ma poi nel profondo sai che non è così. Ripenso al delfino di legno che ho nella mia camera e mi scappa un sorriso nostalgico; mi piacerebbe rivedere la nonna di Mirko, anche solo per farmi raccontare qualche storia bizzarra.

Il mio sogno più grande sarebbe di ricreare il rapporto che avevo con Mirko anche stando con Marco; ovviamente da amici, è chiaro. Marta pensa che io sia una grande sognatrice e ha perfettamente ragione, non mi piace rinunciare alle persone a cui voglio bene. Nel mio dipinto ideale ci dovrebbero sempre essere: Marta, Giò, Sara, Marco, Mirko, Giorgio e poi la sottoscritta, ovviamente. Un giorno voglio fare una foto di tutti noi da portare sempre con me; per guardarla ogni tanto e ricordami quali sono le persone a cui non voglio assolutamente rinunciare.

Scendo dal motorino e lo lego a un palo; è buffo, in quell'immagine ideale ho incluso anche Sara, rifletto mentre attraverso di corsa la strada e citofono a Giorgio. Entro e salgo le scale a due a due e arrivo in cima con il fiatone.

«Ehi signorina, come mai quella faccia triste?» mi accoglie Giorgio in pantaloncini e maglietta.

Gli butto le braccia al collo e lo bacio rumorosamente sulla guancia.

«Non ci fare caso, sono solo pensierosa.»

Appoggio le mie cose sul divano e mi dirigo dritta verso l'angolo cucina.

«Non mi dire, hai cucinato tu?»

«Ho deciso di usarti come cavia. Sto seguendo un corso di cucina sui primi piatti.»

«Wow, divertente. Concordo sulla scelta della pasta, per me è imbattibile.»

«Perfetto, allora siediti che porto tutto a tavola.»

«Hai fatto proprio una cosa seria.»

Lui sorride e lo vedo scomparire dentro al frigo.

«Spero ti piacciano le zucchine.»

Annuisco mentre addento un grissino e mi vado ad appoggiare al bancone che divide la cucina dal piccolo soggiorno.

«Ti trovo in forma, Giorgio, sei dimagrito, per caso?»

«Pene d'amore; almeno servono a qualcosa» risponde, controllando la cottura della pasta.

In effetti non è molto fortunato sotto questo aspetto. A quando pare le sue storie non riescono a durare più di un paio di mesi; una delle più lunghe è stata quella con Ozi, ma anche la loro è finita in malo modo, e Giorgio non ama parlarne.

«Hai cambiato la disposizione dei mobili? La casa ha qualcosa di diverso.»

«Ho buttato quello che stava vicino all'ingresso e ho preso il tavolo che era di Ozi.»

«E ce la fai a pagare l'affitto da solo?»

«Ho subaffittato la camera piccola.»

«Veramente, e a chi?»

«Un ragazzo argentino che è venuto in Italia per finire gli studi.»

«E com'è?»

Lui si gira e mi sorride.

«Carino, ma non farti strane idee, è etero.»

«Oh, che peccato!»

«Poco male, tanto in questo periodo non sono a caccia.»

«Ma chi ci crede. Oggi dici così e domani sei già in giro a fare nuove amicizie, ti conosco. A me non la dai a bere.»

Giorgio mi fa la linguaccia e fa cenno di seguirlo a tavola.

«L'odore sembra fantastico, e anche l'aspetto.»

«Vediamo, dammi un voto, da uno a dieci.»

Assaggio la pasta e mando giù un bel boccone.

«Direi un otto.»

Lui storce il naso.

«Cosa manca per essere perfetta?»

«Un punto perché è leggermente scotta e un altro perché è troppo salata.»

«Aah... mi hai stroncato sul nascere. Ma sei inclemente! La mia carriera è finita prima ancora di cominciare.»

Rido divertita.

«Preferivi una bugia?»

Lui mi fulmina con lo sguardo.

«Non ricordo perché ti ho invitato.»

«Veramente l'ho fatto da sola» rispondo, ridendo ancora.

«Mi sembrava strano. Parlami di te: come va con il tuo 'grande' amore?»

Ignoro il tono ironico e gli racconto gli ultimi fatti. Anche se salata e scotta, faccio fuori due piatti di pasta alle zucchine, speck e zafferano. Lo so che in questo periodo è nervoso e insofferente verso tutti quelli innamorati, l'ha ammesso lui stesso tempo fa. Per giunta aveva un debole per Mirko, come mio padre, d'altronde, che dal salvataggio sotto casa non fa altro che chiedermi di lui. Non che Marco gli stia antipatico, anzi, è solo che come dice sempre Giorgio è 'troppo un bravo ragazzo'. Anche se quando gli ho raccontato l'episodio della doccia è rimasto sconvolto e per un momento ho visto un guizzo di interesse trasparire dai suoi occhi, come se vedesse il tutto sotto una nuova luce.

«Lo sai che Marta è stata selezionata per un concorso canoro che si svolgerà a scuola?»

«Che fico, sono contento per lei. E quando sarà?»

«La prossima settimana; da quando l'ha saputo non riesco più a vederla. È sempre in sala prove.»

«E con Sara?»

Faccio una smorfia decisamente significativa.

«Quando la smetterai di fare la ragazzina viziata? Perché non l'affronti e ci parli una volta per tutte?»

«Uffa, Giorgio, mi dite tutti la stessa cosa; ultimamente ci si è messo anche Marco.»

«Quel ragazzo comincia a piacermi!»

Alzo gli occhi al cielo con aria teatrale.

«Insomma, da quant'è che siete amiche?»

Possibile che riesca ad affondare il dito nella piaga in quel modo?

«Da una vita.»

«E vuoi far finire così il vostro legame?»

«Vorrei vederti al posto mio.»

«Quanto la fai lunga... ormai è acqua passata. Possibile che non riesci a perdonare? Eppure anche tu ne hai combinata qualcuna. Partendo dal tuo punto di vista, Marco non avrebbe mai dovuto mettersi di nuovo insieme a te.»

«Non è quello il punto e lo sai bene.»

«Bla, bla, bla... tutte parole. Ti ha dato solo fastidio che andasse a letto con il tuo ragazzo a tua insaputa. Sara non mi sembra la persona che lo fa con cattiveria; è capitato contro la loro volontà e si sono innamorati. Possibile che neanche di fronte a questo riesci a voltare pagina e a perdonarla?»

Borbotto qualcosa di incomprensibile.

«In realtà l'ho già fatto» ammetto controvoglia.

«E allora?»

«Aspetto un passo deciso da parte sua, che invece in questi mesi non è arrivato. Ha provato a parlarmi appena è successo, ma era troppo presto, io non riuscivo a essere lucida. Così ha smesso di insistere. Se ci tiene alla nostra amicizia, deve fare qualcosa di più.»

«Oddio, come sei noiosa. Non è una gara, non perdi niente se ti mostri comprensiva. Adesso le cose sono diverse, Marco e Mirko adesso sono amici. Prendi esempio da loro, una volta tanto!»

È vero, l'assurdità è che si frequentano anche da soli. Non so bene com'è successo, ma piano piano, a forza di incontrarsi a scuola, hanno cominciato a trovarsi simpatici e un giorno li ho visti addirittura parlare e scherzare mentre ero rimasta in classe con la prof d'italiano. All'inizio la cosa mi ha dato fastidio e ho fatto di tutto per contrastarla; pensavo ci fosse qualcosa di perverso nella loro simpatia. Ma di fronte alle mie perplessità Marco mi ha accusato di mettermi sempre al centro del mondo. È incredibile, di tutte le cose strane che potevano succedere questa non l'avrei mai creduta possibile; ma adesso sono contenta. Sono due belle persone, e forse la vicinanza di Mirko potrebbe far scomparire la timidezza a Marco, e quest'ultimo potrebbe aiutare l'altro a essere un tipo più socievole.

Mi alzo e sparecchio.

«Giò che fine ha fatto? È parecchio che non la vedi?» chiede Giorgio, cambiando argomento.

«Un secolo. È venuta per un week-end a Roma con il padre, ma a parte quello, ci sentiamo solamente per telefono. Lo sai che si è messa con un ragazzo?»

«Ma dài, da quando?»

«Sei il primo a saperlo, me l'ha detto proprio ieri sera.»

«Sono contento» risponde, andandosi a distendere sul divano. Poco dopo lo raggiungo e poggio i piedi sul tavolino di fronte a noi.

«Dopo la fine della storia con Filippo pensavo volesse fare come Marta, niente ragazzi per un bel pezzo.»

«È proprio strano che Marta non voglia più avere una storia.»

«Sembra non le piaccia nessuno, ma secondo me è solo una barriera che si è costruita. È stata talmente male dopo Giacomo, e ha ancora tanta paura.»

«Ho capito, ma sono passati mesi, che dico, anni. Io non potrei stare senza un ragazzo per così tanto.»

«Be', tu sei un caso a parte. Quant'è stato il tempo più lungo in cui sei rimasto da solo?»

«Fammi pensare; una settimana. Però se parliamo di una storia seria, direi anche un paio di mesi.»

Ridacchio: a vederlo non diresti che Giorgio ha una vita sessuale così intensa.

E pensare che quando l'ho conosciuto mi piaceva pure; non ci posso credere.

«A cosa stai pensando?»

«A quando credevo di piacerti!»

«È la verità» risponde, girandosi ammiccante.

Lo guardo per un secondo e la sua espressione mi lascia stupita.

«Come amica, intendi?»

«No, no.»

«Giorgio, falla finita.»

«Te lo giuro. Insomma, vedi...»

Mi tiro su a sedere e l'osservo seria, aspettando che finisca.

«Ogni tanto mi è successo di avere delle storie etero; raramente, ma è capitato. E quando ti ho conosciuto ho pensato sul serio di provarci con te.»

Scatto in piedi.

«Mi stai prendendo in giro.»

«Non ho intenzioni di farti niente, rilassati.»

«Insomma, Giorgio, che discorsi stai facendo?»

«Ti ricordi la prima volta che siamo andati a bere qualcosa insieme?»

Annuisco.

«E ti ricordi che ci siamo seduti su una panchina a parlare?»

Annuisco ancora.

«Ecco, quella volta non so come ho fatto a resistere, ti sarei volentieri saltato addosso.»

I nostri sguardi si incrociano e rimangono fissi per un secondo. Poi afferro il cuscino e glielo lancio.

«Sei veramente un idiota!»

Giorgio schiva il colpo e scoppia a ridere.

«Ammettilo, per un momento ci hai creduto. Sono un attore nato!»

Nego con tutta me stessa, anche se ci sono cascata in pieno.

Il resto del pomeriggio vola via senza rendercene conto, e quando è ora di andare mi sembra di essere lì da pochi minuti. Stiamo talmente bene insieme che a volte penso sarebbe un compagno ideale, anche se ormai non riesco a vederlo come una persona di cui potermi innamorare; al di là del fatto che sia gay, lo vedo sotto una luce diversa, è come se pensassi di poter avere una storia con Marta. Decisamente ridicolo, no? Prima, quando mi ha fatto credere che aveva provato qualcosa di diverso dall'amicizia, invece di sentirmi lusingata sono stata presa dal panico. Cosa avrei fatto se fosse stato vero? Il nostro rapporto sarebbe cambiato sicuramente perdendo quanto avevamo costruito insieme. Qualcuno sostiene che non esistono veri rapporti d'amicizia tra uomini e donne; si dice che sotto si nasconda sempre un sentimento di attrazione, almeno da parte di uno dei due, specialmente del maschio. Non so se sia vero, ma per creare un qualsiasi tipo di legame due persone devono condividere comunque qualcosa di forte, che può essere simile a un rapporto di coppia. E perché dietro un'amicizia dello stesso sesso questo non viene interpretato come attrazione, mentre nell'altro caso sì?

2

Sto accompagnando Marta alla sua prima e vera esibizione canora. È nervosa e taciturna, mi ha confessato di non aver chiuso occhio tutta la notte e che da stamattina sente un bruciore come se le stesse arrivando un feroce mal di gola. Provo a rincuorarla, ma il suo pessimo umore mi fa desistere all'istante. Camminiamo fianco a fianco e cerco di distrarla, parlandole di Giò, ma lei mi risponde a monosillabi e arriviamo a scuola quasi in silenzio.

Dopo aver salutato Marco e Mirko, entriamo e andiamo direttamente in palestra; sono stati spostati gli attrezzi e disposte delle sedie per il pubblico. È piena di gente, mi guardo intorno alla ricerca dei genitori di Marta, ma non li vedo.

«I tuoi non vengono?» chiedo a Marco.

«Mi hanno assicurato di sì, anche se mio padre aveva un appuntamento importante.»

Guardo Marta, che prova a sorridere all'insegnante di inglese, ma ha il viso tirato e gli occhi persi nel vuoto, così le vado in soccorso e la trascino via da tutti quelli che le stanno intorno.

«Rilassati, non sei mica a Sanremo!»

«Non mi ricordo più le parole, ho il vuoto totale. Oddio, pensa che figura se salgo sul palco e faccio scena muta.»

«Perché invece non provi a pensare di essere a una semplice prova del gruppo?»

«Non ce la faccio, mi sento male, mi viene da vomitare» dice e mi trascina in bagno.

Si appoggia al muro e si tiene la pancia con le mani.

«Lo sapevo che stamattina non dovevo mangiare.»

Sto cercando di farle fare dei lunghi respiri quando entra Sara. È più carina del solito, porta i capelli legati che le mettono il viso e gli occhi verdi ancora più in evidenza.

«Cosa succede, perché siete tutte e due qui dentro?»

Faccio un gesto eloquente verso Marta e lei si avvicina.

«È come un'interrogazione, immaginati di stare di fronte alla classe. Prima di cominciare immergiti nelle sensazioni che provi quando canti e dimentica chi hai di fronte. Lo sai che anche i cantanti famosi affrontano i concerti in questo modo?»

Marta la guarda, bianca in volto.

«Non vado, ho deciso. Perché devo cantare per forza?»

Io e Sara ci scambiamo un'occhiata.

«Non sei obbligata, se vuoi vado di là e avverto che non parteciperai.»

«Però sono convinta che dopo te ne pentiresti» aggiungo e mi metto seduta vicino a lei sul pavimento, imitata da Sara.

Per fortuna in questa scuola il servizio pulizia funziona bene.

«Ti piace così tanto cantare, hai scoperto di avere questa passione, perché vuoi permettere che la paura dell'insuccesso ti privi della soddisfazione di un trionfo?»

Guardo Sara e mi trattengo dal ridere: a volte fa dei

discorsi così seri e adulti, chissà cosa pensa Mirko del suo modo di fare.

Alla fine, dopo venti minuti, riusciamo a convincerla e usciamo dal bagno. Ci andiamo a sedere, mentre la nostra amica raggiunge gli altri partecipanti. La palestra intanto si è riempita di gente, e non appena la preside sale sul palco e annuncia l'inizio dell'esibizione il mio cuore comincia a battere furiosamente. Pensa se veramente non ce la fa, pensa se mentre canta si confonde e si impappina. Al solo pensiero mi scappa da ridere, ma mi trattengo e stringo con forza la mano di Marco, che mi guarda perplesso. Lo bacio sulle labbra e la sua presenza mi tranquillizza; devo trovare un ragazzo a Marta, penso all'improvviso. Non capisco che ragionamento ho fatto per pensare questa cosa proprio ora, ma sono decisa. Non si può stare senza i baci, le carezze, è una privazione che Marta non si merita; e poi sembra che qualcuno la obblighi a una penitenza, come se avesse fatto qualcosa di male. La cosa assurda è che tra noi due lei è sempre stata quella che non si faceva troppi problemi con i ragazzi. A guardarla oggi si direbbe il contrario; è proprio vero che le persone cambiano. La mia prossima missione è farla mettere con qualcuno.

«Perché sorridi, cos'hai visto?» mi sussurra Marco, all'orecchio.

«Voglio trovare un ragazzo a Marta, non ti sembra strano che una così carina e simpatica non abbia nessuno?»

«Cosa sei diventata, un'agenzia matrimoniale?»

«Spiritoso. Non pensi che abbia bisogno di qualcuno?»

«Non so che dire, non viene certo a raccontare certe cose proprio a me.»

«Sì, ma sei suo fratello, la conosci; non pensi che ci sia qualcosa di strano nel fatto che dopo Giacomo non è più stata con nessuno?»

«Marta sa quello che vuole, e anche in fatto di ragazzi non mi è mai sembrata una che avesse bisogno di una mano. Hai il vizio di drammatizzare le situazioni.»

«Ma...»

Mi zittisce con un bacio e capisco che il discorso è chiuso. Ma solo per ora.

Lo spettacolo ha inizio, e quando è il turno di Marta mi sento come se ci fossi io su quel palco, e la sensazione non è per niente piacevole. La musica di sottofondo inizia a diffondere le prime note e lo stomaco mi si chiude. Vago con lo sguardo sul pubblico e incrocio lo sguardo di Mirko e Sara, che mi sorridono. Abbasso gli occhi cercando di concentrarmi sulla voce di Marta. Perché dovrebbe andare male? La canzone l'ha provata un migliaio di volte, io stessa l'avrò ascoltata almeno una decina. Guardo Marco, che non si accorge di me, è concentrato sulla sorella; chissà cosa sta pensando, e chissà cosa stanno pensando tutti quanti. Mi soffermo sul volto delle persone e provo a capire i loro pensieri, ma non è facile. Qualcuno è più comprensibile di altri: c'è chi sbadiglia, chi si guarda intorno come me, chi osserva le proprie mani, chi parla a bassa voce con il vicino. Finalmente riconosco i genitori di Marta e Marco, e poco distante anche la mitica zia Mapi. Erano secoli che non la vedevo; c'è stato un periodo in cui con Marta stavamo sempre a casa sua. Una vita fa! Un leggero colpo di tosse mi fa tornare alla realtà e porto nuovamente l'attenzione sul palco. La mia amica è piegata in avanti e i capelli le coprono il viso. Scatto in piedi come una molla.

«Oddio, si sente male!» urlo, ma proprio nello stesso momento in cui lo dico mi rendo conto che Marta si era semplicemente protesa in avanti con un gesto teatrale.

Il tempo si ferma e mille occhi si girano verso me, compresi quelli di Marta. Adesso si sente solo la musica di sottofondo che continua ad andare, ma a parte quello non vola una mosca. Oddio, che brutta figura ho fatto. Rossa in viso sento le mie gambe rigide come pilastri. Delle risa sommesse mi penetrano nel cervello come un trapano. Non posso crederci, l'ho detto a voce alta. È possibile fare un passo indietro, possiamo riprovare la scena? Ma non si può far finta di niente, non c'è speranza che la mia figuraccia possa passare inosservata. Marco mi prende la mano e con forza mi costringe a sedermi. Ormai il putiferio è scoppiato, in un secondo mi trovo circondata da volti che mi guardano con aria preoccupata. La prima a parlare è la preside.

«Cosa succede? Chi si è sentito male?» mi chiede, preoccupata.

«C'è un medico in sala?» urla qualcun altro.

Il padre di Marta si alza e avanza velocemente verso di me. Guardo Marco terrorizzata, ma il suo sguardo è confuso, come quello di Mirko e Sara. E adesso che faccio? Cosa dico a tutta questa gente? Mi giro a guardare nuovamente Marta, che nel frattempo ha fatto spegnere la musica e rimane indecisa sul da farsi. Devo dire qualcosa, non ho scampo, devo ammettere che è stato un mio errore. Oppure potrei far finta di sentirmi male, potrei fingere di svenire e lasciarmi cadere a terra. Stritolo la mano di Marco che in quel momento sembra risvegliarsi dal torpore e prova a sorridere debolmente verso il gruppetto che mi si è formato davanti e che rimane in silenzio a guardarmi. Come direbbe mio padre: ormai la frittata è fatta!

«No, ecco... veramente, cioè... è stato un errore. Io pensavo che Marta, la mia amica, si stesse sentendo male. Non so proprio come sia potuto succedere. Scusate» balbetto, sentendo le lacrime salire prepotentemente agli occhi. La tensione e l'imbarazzo generale sembrano una coltre di aria fredda che mi penetra fin dentro le ossa. Sento lo sguardo duro della preside trafiggermi come una lama. Mi sento sprofondare e non ho il coraggio di guardare Marta negli occhi. Il padre di Marco si sofferma un momento sul mio viso paonazzo, poi si rivolge agli altri.

«È tutto a posto, adesso, potete tornare ai vostri posti» urla e in pochi minuti la gente si disperde e va a sedersi. Vorrei scomparire, o meglio vorrei non aver fatto questa figuraccia. Cerco di trovare una scusa plausibile da raccontare a Marta, ma non mi viene in mente niente di sensato. Ho fatto una stupidaggine e lei mi odierà sicuramente a morte. Il padre di Marco si piega in avanti e mi prende una mano.

«Vuoi che ti porti un bicchiere d'acqua? Forse hai solo bisogno di uscire all'aria aperta.»

«Grazie, non serve» balbetto, non riuscendo a guardarlo in faccia. Lui mi accarezza la testa, guarda il figlio e torna a sedersi vicino alla moglie. Rimango a fissare il pavimento, non uscirò da questo posto finché l'ultima persona non avrà lasciato la palestra. Lo giuro! Sento la preside parlare con qualcuno dietro le quinte e chiedere a Marta se vuole ricominciare da capo. Lei balbetta imbarazzata, si scusa e fugge via. No, no, no, non posso crederci che sia veramente successo. Oddio, cosa ho fatto? Come ho potuto commettere un simile errore? Mi prendo la testa tra le mani mentre cerco qualcosa di sensato da dirle, ma più ci penso e più capisco che qualsiasi cosa risulterebbe banale. Non posso aspettare fino a stasera, devo cercarla subito e dirle quanto mi dispiace; così inspiro a fondo, mi alzo e scatto in avanti. Farfuglio qualcosa a Marco, ma la mia testa è già persa dietro alla mia amica. Ho rovinato la sua grande occasione, continuo a ripetermi mentre con aria impettita avanzo in direzione della porta di uscita. Ignoro volutamente le risatine e le battute che sento da qualche ragazzo della scuola mentre passo tra la gente. È il minimo che mi merito, dico a me stessa continuando per la mia strada. Ovviamente Marta è sparita; provo a cercarla dappertutto, nelle aule di tutti i piani, nei bagni, nella segreteria. Arrivo perfino nella stanza della preside e poi, non ancora convinta, salgo anche sul terrazzo del palazzo; ma niente, se n'è andata via. Torno indietro e, agitata, strattono Marco.

«È sparita, non riesco a trovarla. Accompagnami a cercarla.»

«Non penso sia una buona idea, sarà furiosa, aspetta che si calmi. Perché hai urlato in quel modo? A volte proprio non ti capisco» mi dice, scuotendo la testa.

Neanche io, se è per questo! Infastidita, mi giro e guadagno l'uscita, sentendomi addosso lo sguardo insistente dei genitori di Marta. Lo spettacolo sta andando avanti e nessuno si è mosso. Sono l'unica ad aver lasciato la sala. Arrivo al cancello e percorro di corsa il tratto di strada che facciamo di solito. Suono il citofono che ho ancora il fiatone, ma non risponde nessuno, così le lascio un messaggio sul cell in cui le dico che mi dispiace e che ho bisogno di parlarle. Sto seriamente cominciando a preoccuparmi; non devo più essere presente nelle situazioni in cui sono coinvolta emotivamente. Non ne sono all'altezza. È come se il mio cervello andasse in tilt, non penso prima di fare o dire una cosa, ecco il vero problema, sono troppo impulsiva. Se avessi aspettato mi sarei resa conto che non stava succedendo niente di anomalo. Ma no, ho dovuto pensare al peggio, e guarda com'è andata a finire. Dio che vergogna, che vergogna. Povera Marta, bella mano le ho dato! Ci teneva così tanto, come posso fare a recuperare? Non mi vorrà più vedere. Giro per il quartiere senza una meta e poi, ancora confusa, salgo a casa e vado dritta in camera di mia madre, che trovo distesa a leggere.

«Ho combinato un casino pazzesco» dico, buttandomi sul letto vicino a lei.

Lei abbassa il libro e mi guarda con aria interrogativa.

«Hai litigato con Marco?»

Nego con la testa e le racconto l'accaduto. Mentre parlo mi sento così ridicola da non riuscire a guardarla in viso. Lei mi abbraccia e io mi lascio consolare dalle sue carezze. Piano piano la tensione si allenta e un leggero torpore si fa strada dentro di me. Chiudo gli occhi, cullata dalla sua voce delicata che cerca di tranquillizzarmi. Una leggera nebbia mi avvolge facendomi vedere l'intero accaduto come se non fosse realmente successo. Il cervello vaga nel limbo dell'anima riproducendo la scena, ma con delle piccole varianti. Non siamo a scuola, ma in un teatro vero e proprio, ci sono Marco e i miei genitori. La musica e la voce di Marta arrivano dolci e melodiose e mi sembra che stia andando tutto alla perfezione; lei sorride e si muove come una vera artista. Sorrido soddisfatta anch'io e quando finisce di cantare l'intera platea si alza e applaude emozionata. Ecco come doveva andare, penso nel dormiveglia: tutti quanti dovevano rimanere incantati dalla voce della mia amica. Apro gli occhi e mi alzo di scatto.

«Adesso ho capito, avevo talmente paura che l'esibizione venisse un disastro che ho creato una scusa per evitarle la figuraccia.»

«Perché? Stava andando tanto male?»

«In realtà no, ma la sensazione che ho provato è la stessa di quando guardo le gare di pattinaggio sul ghiaccio. Per tutta la gara trattengo il fiato, aspettandomi da un momento all'altro la caduta. È più forte di me, non riesco a godermi lo spettacolo, sono ossessionata dall'immagine della catastrofe.»

«Se non sei disposta a rischiare, non ti metterai mai in gioco fino in fondo. E poi, perché pensi che debba per forza capitare qualcosa di brutto e non che uno possa farcela?»

Non lo so, in verità. La cosa strana è che ho questi pensieri solo quando si tratta degli altri, non di me; l'essere spettatrice e non protagonista mi crea questo disagio.

A ogni modo, qualsiasi cosa sia, la figuraccia l'ho fatta, e non c'è modo di uscirne illesa.

«Cosa devo fare con Marta?»

«Niente, le spieghi le tue ragioni.»

«Sarà arrabbiatissima.»

«Può darsi, ma poi le passerà, stanne certa.»

«Come fai a esserne così sicura?»

«Non si può finire un'amicizia come la vostra per una stupidaggine simile.»

«Per lei non lo è affatto.»

«Ci credo, ma è anche una ragazza intelligente.»

Leggermente rincuorata, anche se poco convinta, scendo dal letto e vado in camera mia. Sono appena le cinque del pomeriggio, saranno ancora tutti a scuola. Provo a mandare un SMS a Marco per sapere se ha visto sua sorella, e la risposta negativa non mi lascia altra scelta se non uscire di nuovo e andare a citofonarle. Dopo varie volte, finalmente mi risponde e apre il portone senza una parola. Salgo lentamente le scale, pensando al discorso da fare. Arrivo in cima e trovo la porta socchiusa, entro e capisco che la casa è deserta.

«Marta?» chiamo.

Una musica proviene dalla sua camera, così mi dirigo in quella direzione. Socchiudo la porta titubante, metto la testa dentro, poi muovo qualche passo. La vedo distesa sul letto a guardare il soffitto.

«Mi dispiace tanto, Marta, non volevo rovinare tutto.»

Lei non si volta, continua a fissare un punto indefinito della stanza. Mi strofino le mani, a disagio.

«Mi potrai mai perdonare?»

Il silenzio si fa via via più imbarazzante.

Sto per dire qualcos'altro quando finalmente lei gira la testa e mi guarda.

«L'hai fatto apposta.»

«No, Marta, ti giuro. Non so cosa mi abbia preso.»

«Perché, allora?»

«È stata una reazione incontrollata, lo sai che a me succede spesso di avere queste uscite senza senso.»

«Non ce n'era motivo.»

«Hai ragione, e non me lo posso perdonare. L'unica cosa che posso dire a mia discolpa è che avevo paura che facessi una brutta figura.»

«Così invece non l'ho fatta?» C'è tanta rabbia e ironia nella sua voce.

Non so cosa rispondere. Sento le lacrime salirmi agli occhi.

«Mi dispiace» riesco solo a dire, mortificata.

«Adesso tutta la scuola mi prenderà in giro.»

«Non te, ma me.»

«La mia carriera è finita prima ancora di cominciare» continua, sarcastica.

«Non è come pensi, stavi andando alla grande. È tutta colpa mia, ero in tensione per te, così mi sono distratta guardandomi intorno e quando ho girato di nuovo la testa sul palco ho creduto stessi veramente per sentirti male. Lo so, solo io posso aver pensato un'assurdità simile, ma è questo che è successo. Mi vergogno quasi a dirlo.»

Lei mi guarda e per la prima volta da quando sono arrivata sorride appena.

«Solo tu riesci a fare casini del genere. Non conosco nessun altro peggio di te. Volevo tirarti il microfono addosso, per quanto ero arrabbiata.»

«Avresti dovuto, me lo meritavo.»

«È stato troppo umiliante, non canterò mai più.»

«No, devi farlo, sei veramente brava.»

«Allora non canterò mai più con te nelle vicinanze.»

«Mi dispiace, ma me lo merito.»

«Chi ha vinto?»

«Non lo so, ti sono corsa subito dietro e poi sono andata a casa. Ero passata anche prima, ma non hai risposto.»

Annuisce, facendomi capire che non aveva voluto rispondere intenzionalmente.

«Per farti perdonare, le prossime cento volte farai tutto quello che ti chiedo.»

Aveva ragione mia madre, penso felice.

«Cento mi sembrano un po' troppe, non credi?» provo debolmente a protestare.

«Non penso proprio. Ti posso concedere solo qualche no ogni tanto, ma alla fine dovranno essere cento, entro la fine dell'anno.»

«In pratica ti farò da schiava per i prossimi mesi» rispondo, divertita.

«Più o meno.»

«Accetto, ma con delle eccezioni: se le richieste sono troppo esagerate mi rifiuto comunque.»

«Tipo?»

«Provarci con qualcuno.»

Lei mi guarda divertita.

«O peggio.»

Ridacchia.

«Non sei nella condizione per negoziare» risponde, implacabile.

«Va bene, ci sto» dico e allungo il braccio.

Ci stringiamo la mano, ma ho la sensazione che mi pentirò presto di aver ceduto.

Marco ci trova così, un'ora dopo. Entra nella stanza e si siede sulla sponda del letto, con in mano una scatola che porge a Marta.

«Questa è per te.»

«Cos'è?»

«Apri» risponde.

Ci alziamo entrambe, e sedute a gambe incrociate lei

apre la confezione. Dentro c'è un piatto con la scritta 'Concorso canoro in omaggio a Billy Holiday' con il nome della scuola e la data di oggi. Marta si rigira l'oggetto, poi lo poggia sulla cassettiera vicino al letto.

«Ha vinto un ragazzo della prima D, mi pare si chiami Emanuele Calvi» dice, come se le avesse letto nel pensiero.

La sorella annuisce senza aggiungere altro.

«Di là c'è la zia Mapi che vorrebbe salutarti, è venuta apposta» aggiunge.

Appena Marta lascia la stanza, sento lo sguardo di Marco su di me.

«Com'è andata?»

«Bene, alla fine mi ha perdonata. Chissà cosa avranno pensato i tuoi.»

«Che sei un pochino matta?» risponde, ridendo.

Lo guardo imbarazzata.

«E tu?»

«Io già lo sapevo. Ma mi piaci anche per questo» risponde sorridendo affettuosamente.

Vorrei corrergli incontro e abbracciarlo, invece rimango ferma sul letto a guardarlo.

Non capisco cosa stia succedendo, mi si è seccata la gola e un leggero formicolio mi serpeggia nello stomaco. Chiudo gli occhi e deglutisco, sentendomi la bocca ancora più arida. Mi vergogno solo all'idea, ma vorrei saltargli addosso senza vergogna. Provo a distrarmi guardando il piatto che ha appena portato a Marta, ma quando giro di nuovo la testa verso di lui, il formicolio aumenta. Può una persona che conosci da tempo farti questo effetto? Vedendo che Marco non accenna a muoversi, mi alzo e con le gambe malferme mi avvicino a lui, fingendomi interessata a una foto appesa lì accanto. Lo sfioro accidentalmente e lascio che la tortura si prolunghi. Marco, apparentemente inconsapevole, si allontana, mettendo di nuovo distanza tra di noi. Non capisco se sta facendo finta di niente, oppure è veramente ignaro di quello che mi sta succedendo. Le guance mi vanno a fuoco e penso che se nel giro di pochi istanti non mi bacia, potrei impazzire. Mi giro verso la finestra, cercando di riprendere il controllo. Cosa mi sta capitando? Un momento prima sono seduta a parlare con la mia amica e dopo vado fuori di testa per il fratello in questo modo? Non è che il mio cervello si è fuso e questi sono i primi segni della pazzia? Forse devo andare da uno specialista per una diagnosi accurata; sto cominciando a preoccuparmi sul serio. Come se avesse compreso la mia urgenza, Marco mi chiama e mi fa cenno di avvicinarmi. Guardo ipnotizzata le sue labbra e dischiudo automaticamente le mie mentre continuo a ripetere in silenzio solo una parola: baciami, baciami. Ma lui sembra divertirsi a torturarmi.

«Stai bene?» mi chiede, preoccupato.

Ho capito, non sta facendo finta.

«Perché sei così silenziosa?» continua.

E tu, perché non la smetti di parlare e fai qualcosa di più interessante? Senza indugiare ancora, gli butto le braccia al collo e lo bacio con trasporto. Tutti i miei sensi esultano mentre il respiro si fa più accelerato. Finalmente Marco sembra risvegliarsi dal torpore, e fattosi più audace mi mette le mani tra i capelli e mi stringe con maggior foga. In un attimo ci troviamo avvinghiati sul letto, cercando che il contatto tra noi sia il maggiore possibile.

«Marco? Vale?»

Ci allontaniamo ma non così velocemente da impedire alla zia Mapi di trovarci ancora spettinati e confusi; per fortuna lei ci solleva dall'imbarazzo e finge di non aver visto niente. Mi saluta calorosamente e rimane a parlare come se niente fosse, mentre noi cerchiamo di darci un contegno, anche se il rossore sulle guance tradisce ancora qualcosa. Rispondo alle sue domande, ma il sapore dei baci continua a girarmi intorno; guardo di sfuggita Marco e scopro che anche lui è distratto. Ma a quanto pare non c'è nessuna possibilità di finire quello che abbiamo iniziato: oltre alla zia, si aggiunge Marta che si siede sul letto con noi e chiede informazioni sul viaggio in Giappone della zia Mapi. Rassegnata, mi alzo e vado a sedermi alla scrivania della mia amica e mi lascio trasportare dai racconti di viaggio.

3

Sono in cucina ad aiutare mio padre; stasera hanno invitato alcuni amici. Ha deciso di preparare delle crêpes alle verdure mentre mia madre ha già cucinato una fantastica arista di maiale alle prugne. Mi piacciono queste occasioni, sono una scusa per sperimentare nuovi piatti in cucina e divertirmi stando accanto a mio padre.

Sto ancora sbattendo le uova quando suonano alla porta di casa.

Un minuto dopo Marta entra come un tornado nella stanza.

«Vale, ti devo parlare» esordisce.

«Ciao, Marta» la saluta mio padre.

«Scusi, non l'avevo vista, buonasera. Come sta?»

«Bene, ma dovrai aspettare un pochino prima di portarmi via mia figlia; mi sta aiutando a fare le crêpes. Sono in ritardo e se non sono pronte entro mezz'ora mia moglie vince la scommessa.»

«Di cosa parli?» chiedo, stupita.

«Tua madre è convinta che non riesca a finire per le otto; se vinco, vado a trovare un mio amico a Berlino questo fine settimana, altrimenti parte lei qualche giorno.»

«Senza Giulia?» chiede Marta.

Mio padre annuisce, e io sorrido.

«Non posso credere che scommettete su queste cose. Posso venire con te?»

«Non offenderti, ma preferirei andare da solo. Non ci vediamo da anni, e vorremmo passare qualche giorno come ai vecchi tempi, in giro per locali.»

Mi torna in mente quella volta con Mirko, quando ci raccontò l'episodio esilarante di Copenhagen. Io e Marta ci guardiamo divertite.

«Okay, allora se vuole l'aiuto anch'io, così ha più possibilità di vincere.»

In quel momento entra mia madre con Giulia.

«Hai corrotto qualcuno, mi sembra di capire. Se vinci con il loro aiuto la scommessa non vale più.»

Mio padre prova a giustificarsi, ma lei è irremovibile, sembrano due bambini. Approfittando della situazione prendo Marta per un braccio e la porto in camera mia, muoio dalla curiosità di sapere cosa mi deve dire.

«Una notizia fantastica, ma cosa dico, incredibile!»

«Cioè?»

«Hai presente quella volta che con la band abbiamo suonato nel locale dell'amico di Filippo?»

Annuisco.

«Non ci crederai, ma Mirko mi ha appena chiamato per dirmi che l'ha contattato un agente dicendogli che quel giorno era lì per caso e ascoltandoci ha pensato di farci incidere un CD, da far girare presso le case discografiche a scopo promozionale.»

La fisso inebetita.

«È uno scherzo?»

«All'inizio l'ho pensato anch'io, ma poi ho cercato su internet il nome della società ed esiste veramente; ha un sito, lavora per conto di varie casa discografiche.»

«Ma non è strano che abbia aspettato tutto questo tempo per chiamarvi?»

«Forse non sapeva come contattarci.»

Giusto.

«Marta, è fantastico! Sono veramente contenta per voi. Immagino che gli altri saranno al settimo cielo.»

«Lo siamo tutti quanti: ci pensi se ci contatta qualche casa importante?»

«Pensavo che queste cose succedessero solo nei film. Se diventate famosi e andate in tourneé in giro per il mondo, mi prometti che potrò venire anch'io?»

«Puoi starne certa, sarai la nostra assistente.»

«Forse dovrei comprare dei vestiti adatti al ruolo, in modo da sembrare credibile.»

«Tutti noi dovremmo crearci un nuovo look, qualcosa di stravagante.»

«E creativo. Giorgio potrebbe darci una mano per le scenografie, già me lo immagino. E dovremmo trovarei qualcosa da fare anche a Giò.»

«Non credo che Filippo ne sarebbe entusiasta, ma in qualche modo faremo.»

Parliamo come se fosse un fatto acquisito e dovessimo solo pianificare i dettagli.

«E a Sara?» chiede Marta.

«Cosa ne dici di costumista o make-up stylist?»

Scoppiamo a ridere, e continuando a scherzare torniamo in cucina per finire quello che avevo iniziato.

Due giorni dopo sono con Marco in giro per negozi. Deve comprarsi un costume e io ho bisogno di un paio di jeans nuovi. Ci teniamo per mano mentre mi racconta dell'ultima partita di pallanuoto e dell'idea di convincere Mirko a iscriversi a un corso di vela che si svolgerà all'isola d'Elba.

«Quanto dura?»

«Due settimane.»

«Dormireste in barca?»

«Si. Non pensi che sarebbe divertente? Perché non vieni anche tu?»

Anche se odio ammetterlo, mi infastidisce il fatto che abbia pensato prima a lui che a me; così invento che non posso partire perché devo dare una mano in casa con Giulia.

«Ma se ai tuoi neanche l'hai chiesto.»

«Conosco i miei. Tanto hai Mirko, giusto?» dico, con una punta di acidità.

«Come mai questa vena polemica? Ti dispiace che vado con lui? Ancora ti infastidisce che siamo diventati amici? Guarda che quando siamo soli non parliamo mai di te.»

«Non ci credo. Vorresti dirmi che non vi raccontate niente né di me né di Sara?»

«Sì, ma non come pensi tu. Lo so che ti sembra ancora strano, ma abbiamo scoperto di avere molte cose in comune.»

Lo guardo perplessa: stiamo parlando della stessa persona? Sono diversi come il giorno e la notte.

«Non avete mai parlato della nostra storia, o di quando stavo con lui?»

«Ha solo detto che siete stati bene insieme, ma non mi ha mai raccontato particolari piccanti, se è questo che vuoi sapere.»

Ovviamente non gli credo, ma tanto che importanza ha? Anche se mi sembra strano il fatto che entrambi siano stati con me e che questo non abbia in qualche modo influenzato il mio rapporto con Marco; chissà, forse le paranoie ce le facciamo solo noi ragazze. Lo ammetto, un po' mi infastidisce immaginare che Mirko possa raccontargli qualche particolare intimo; ma, alla fine, perché dovrebbe? Adesso è innamorato di Sara.

«A cosa pensi?»

«Niente di speciale» rispondo e lo spingo dentro a un negozio di sport. Ne usciamo un'ora dopo con un paio di buste ciascuno; ho comprato, oltre ai jeans, una canottiera rosa con delle margherite verdi e un paio di sandali, che già so userò tutta l'estate. Marco, invece, il costume non l'ha trovato, ma in compenso ha preso due maglie e una felpa che gli stanno da dio. Continuiamo la nostra passeggiata e ci fermiamo a comprare un gelato.

«Giorgio ci ha invitato al mare per sabato.»

«Dove?»

«Ansedonia. I suoi genitori hanno una villa, e dato che questo fine settimana non ci vanno, Giorgio ha organizzato una festa d'estate, con barbecue in giardino. Possiamo dormire da lui se ci va.»

«I tuoi sono d'accordo?»

«Ancora non gliel'ho detto.»

«Mi sembrava troppo facile.»

«Giorgio gli piace, anche se non lo conoscono benissimo; lo capisco da come si interessano a lui quando gliene parlo. Non credo ci saranno grandi problemi, basta dirgli che rimaniamo a dormire solo io, te e Giorgio.»

«Praticamente gli vuoi mentire.»

«Smettila di farmi passare per quella che non sono. Dico solo che se ometto qualche particolare staranno meno in pensiero.»

«Decidi tu. Lo dici anche a Marta?»

«Ovvio, anche se mi sarebbe piaciuto portare qualcuno per lei.»

«Ancora con la storia di trovargli un fidanzato?»

«Che male c'è?»

Lui sospira, scuotendo la testa.

«Mi fai assaggiare il pistacchio?»

Lui si avvicina e mi passa la lingua sulle labbra.

«Com'è?»

Mugugno qualcosa e faccio la stessa cosa a lui.

«Anche la tua nutella non è male.»

Ridacchiamo continuando a coprirci di baci, scambiandoci tutti gli altri gusti. Quando ormai siamo quasi arrivati sotto casa, Marco mi chiede se ci fermiamo al nostro vecchio angolo, sul Lungotevere. Mi siedo sul muretto e lui si appoggia a me.

«Ti ricordi che avevo fatto richiesta per l'Erasmus?»

Annuisco.

«Be', ecco, è stata accettata e a settembre mi trasferisco a Barcellona.»

Il cuore smette di battere e per poco non cado all'indietro. Rimango in silenzio, cercando di assimilare la notizia appena ricevuta. Parte? Proprio adesso che le cose tra noi andavano alla grande? Non posso credere che sia vero, non posso pensare che tra qualche mese lo perderò di nuovo. Scendo dal muretto con il sangue che mi pulsa talmente forte da non farmi ragionare con lucidità.

«Non dici niente?»

Lo guardo senza vederlo. Devo respirare prima di parlare: se le storie passate mi hanno insegnato qualcosa, devo aspettare. Conto: uno, due, tre, quattro... non ci riesco, mi sta scoppiando la testa.

«Quando l'hai saputo?» chiedo, trattenendomi a stento.

«A gennaio.»

Lo guardo stupita.

«Cosa? E in tutti questi mesi non hai detto niente?»

Lui tentenna e si guarda i piedi.

«La notizia mi aveva scombussolato; appena saputo ho creduto ci fosse un errore, e quando me l'hanno confermato le cose tra noi erano ancora confuse. Avevo paura che potesse incidere sulla tua decisione.»

Nonostante tutto sorrido.

«Questo lo capisco, ma sono passati quattro mesi, non un giorno da quando ci siamo rimessi insieme. Come sei riuscito a tenermi nascosta la notizia?»

«È stato difficile. Specialmente perché non ne ho fatta parola con nessuno, nemmeno ai miei, proprio per timore che Marta ti venisse a dire qualcosa.»

Sospiro e scuoto la testa. Sembra un bambino di cinque anni che sta per essere rimproverato per aver buttato la sabbia addosso a un compagno.

«E adesso cos'è cambiato?»

«Ho capito che non riuscivo più a sostenere la situazione, qualunque fosse stata la tua reazione dovevo affrontarti. Sei arrabbiata?»

Posso schiaffeggiarlo, o peggio, tirargli un calcio in uno stinco? Lo so, queste reazioni non sono proprio da brava ragazza, ma a volte aiutano a sfogare la rabbia repressa.

«Vale?»

Chiudo gli occhi, cercando di ricacciare indietro le lacrime. Vorrei urlare, dirgli che non voglio perderlo di nuovo. Che non deve accettare, che se parte vuol dire che non mi ama abbastanza. Sento che mi manca la terra sotto ai piedi; è questo posto che porta sfiga, ecco la verità. Dovevo capire subito che c'era qualcosa che non andava. Oggi è stato tutto il pomeriggio silenzioso, ma può succedere a tutti di avere una giornata storta, no? Ma non avrei mai immaginato una cosa del genere. Sapevo che aveva fatto domanda per l'Erasmus, ma è stato tanto tempo fa, quando non ci eravamo ancora rimessi insieme; me l'aveva detto Marta. Non so cosa fare, vorrei urlargli contro che non può farmi questo, non dopo tutto quello che abbiamo passato. Ma forse per lui non è così, magari non sta bene con me quanto io con lui, e appena si è presentata l'occasione l'ha colta al volo. Non mi ama, questa è la verità!

«Vale, dimmi qualcosa. Ho sempre paura quando rimani in silenzio.»

Si avvicina, ma lo allontano bruscamente. Non voglio la sua pietà, lo so che è contento di partire.

«Vale, mi stai ascoltando?»

«Cosa devo dire?» chiedo senza guardarlo negli occhi.

«Non lo so.»

Alzo le spalle.

«Devo andare» aggiungo, e mi avvio verso casa.

«Aspetta, non puoi fare così. Voglio sapere cosa ne pensi» risponde, correndomi dietro.

Lascio che mi raggiunga e mi appoggio al muro di un palazzo. Rimaniamo in silenzio e mi lascio abbracciare. Appoggio la testa sulla sua spalla e chiudo gli occhi.

Non è giusto trattarlo in questo modo, non se lo merita. Ma sta per partire, sta per lasciarmi sola...

«Scusami, non volevo essere brusca, ma non mi aspettavo potesse succedere una cosa del genere. Pensavo che ormai il peggio fosse passato, che potevamo stare finalmente insieme per sempre. Lo so, penserai che sono un'ingenua, che le cose non durano mai in eterno, ma qui non riusciamo a farle funzionare neanche per pochi mesi.»

«Ma ti amo» mi dice, stringendomi forte.

Le lacrime mi riempiono gli occhi.

«Non voglio perderti ancora una volta, non lo sopporterei.»

«Non accadrà» risponde.

«Come fai a dirlo? Quanto pensi possa durare, con tutti quei chilometri che ci separano? Quante volte ci potremo vedere? Una volta al mese?»

«Verrò tutti i fine settimana.»

«Forse all'inizio.»

«Te lo giuro.»

Scoppio a piangere come una fontana.

«Scusami, non volevo piangere, è che non riesco a trattenermi. Scusa.»

«Se vuoi non parto.»

L'ha detto! Allora mi ama veramente... ma è questo che voglio, che rinunci a tutto per me? Cosa farei io al posto suo?

Lo guardo tra le lacrime e respiro, stancamente.

«Non penso sia giusto, e anche se mi costa dirlo, non voglio che ci rinunci per me.»

Mi appoggio di nuovo al suo petto e mi lascio confortare dalle sue carezze.

«Posso sempre rinunciare.»

Annuisco e in silenzio camminiamo abbracciati. Arrivati sotto casa mi stacco da lui a malincuore.

«Penso sia una bella opportunità per te, non è giusto che ci rinunci» dico, asciugandomi le lacrime con la mano.

«Ma...»

Lo bacio sulle labbra e sento il sapore salato delle mie lacrime.

«Non potrei perdonarmelo. Se fosse successo a me, partirei» continuo mostrandomi convincente, ma lo stomaco mi si rivolta. Sostengo il suo sguardo indagatore e sorrido.

«Com'è che si dice? Se ami qualcuno devi volere il suo bene e non il tuo. Non voglio essere una persona egoista, meno che mai con te.»

«Oddio, Vale, io non so se riuscirei a essere tanto altruista.»

Sento che tutto il mio coraggio sta per frantumarsi in mille pezzi. Gli accarezzo una guancia e gli sposto un ciuffo dalla fronte.

«Pensi che pochi chilometri possano farci smettere di amarci? La storia insegna qualcosa. Lancillotto e Ginevra non continuarono ad amarsi anche dopo che lui lasciò la corte? Per non parlare dei due protagonisti di *Cime tempestose*.»

Marco mi guarda divertito.

«Quest'ultimo non l'ho letto, ma sicuramente non ha un lieto fine, o mi sbaglio?»

Ha ragione, tutte le grandi storie d'amore vanno sempre a finire in modo tragico. Vorrà dire qualcosa? Provo a cercare qualche esempio che smentisca questa teoria e alla fine la lampadina mi si accende.

«Ho trovato: Ulisse e Penelope. Lei aspettò il suo amato per ben vent'anni, non cedendo mai alle malelingue che dicevano non sarebbe tornato, rifiutò perfino gli altri pretendenti, e alla fine la sua tenacia venne premiata!» concludo trionfante. Ho gli occhi che mi brillano per la soddisfazione, l'esempio dell'*Odissea* mi sembra anche più calzante!

Marco mi attira a sé e mi bacia con trasporto.

«E tu mi aspetteresti per tutto questo tempo?»

Lo guardo dritto negli occhi.

«Non potrei fare altrimenti. Tu sei quello che voglio, nessun altro» rispondo in un soffio.

«Allora da oggi sarai la mia Penelope.»

«Va bene, Ulisse. A domani.» E sparisco dietro al portone.

Dopo aver fatto l'altruista e aver mostrato disinvoltura sull'accaduto, adesso mi sto leccando le ferite chiusa in camera. Ho angosciato Marta per una buona mezz'ora, e non contenta ho pensato bene di riversare la mia depressione anche su Giò. Lei mi ascolta pazientemente e cerca di consolarmi dicendo che ho preso la decisione più giusta, ma questa cosa non migliora comunque il mio stato d'animo; il cuore vorrebbe tutt'altro e già soffre all'idea della perdita.

Le partenze sono comunque degli addii, è inutile negarlo; in qualche modo il nostro rapporto cambierà, non so come, ma cambierà. Già tra la prima e la seconda volta ci sono state delle enormi differenze, anche positive, intendiamoci. Ripenso ai sentimenti che provavo all'inizio e mi viene da sorridere ricordando il nostro primo bacio sul terrazzo di casa.

«Devo ammetterlo, non sono sicura se al posto tuo sarei stata tanto comprensiva» mi sta dicendo Giò.

«Non so come ci sono riuscita. Te l'ho detto, all'inizio ho pensato al peggio; lo sai come tendo a drammatizzare e a farmi film in testa.»

La vedo annuire.

«Ma poi ho capito che non potevo essere tanto egoista, non era giusto. Insomma, stiamo parlando dei suoi studi, di quello che vuole fare da grande. I miei mi dicono continuamente che prima o poi dovrò andare a studiare all'estero e anche se sono terrorizzata all'idea, penso che debba essere un'esperienza fantastica.»

«Tutto questo è giusto, ma non sempre le emozioni si riescono a controllare: qui è in gioco il vostro amore. Come fai a essere sicura che una volta distanti non vi allontanerete definitivamente? Oppure che lui cominci a conoscere gente nuova, a divertirsi con altre persone, magari che possa anche piacergli qualche altra ragazza.»

«E qui non può succedere?»

«Ma ci sei tu, vi vedete tutti i giorni. Sentirsi al telefono è diverso. Te lo dico per esperienza. Quando mi sono trasferita a Firenze ho sofferto molto per la distanza con Filippo, mi mancava il contatto fisico, il parlargli di persona. Certo, ti scrivi e-mail, mandi messaggini, chatti on-line, ma è diverso. Hai bisogno di un contatto vero, tangibile.»

Mentre parla sento che la mia carica positiva perde qualche colpo.

«Che alternative ho?»

«Non saprei. Scusa, mi dispiace, non dovevo dirti queste cose. Lo so che lo fai perché gli vuoi bene, ma devi anche sapere che forse così potresti perderlo.»

Mai, penso risoluta. Questo mai. Combatterei fino alla morte, andrei a prenderlo e me lo riporterei a casa. Sorrido della mia veemenza. Come sono ridicola, come se bastasse volere una cosa per ottenerla.

«Ascolta, Giò, voglio pensare che ci sia la possibilità

che il nostro amore non finisca a causa della lontananza, ho bisogno di crederci.»

«Hai ragione, sicuramente un modo c'è. In fondo ci sono mille esempi in merito.»

«È quello che ho detto anch'io a Marco» e le racconto di Ulisse e Penelope. Giò scoppia a ridere, divertita dal paragone.

«Oddio, Vale, spero per te che non accada. Tra vent'anni sarai una vecchia decrepita.»

«Parla per te!»

«Non volevo offenderti» dice, continuando a ridere.

«Prendi pure in giro.»

«No, è che sto pensando a quando saremo vecchie...»

Ride ancora più forte.

«Tu che aspetti il ritorno di Marco lavorando la tela... Oddio, mi sento male dal ridere immaginando la scena!»

Provo a rimanere seria, ma le sue risate sono contagiose, così le vado dietro e sull'onda dell'ilarità inventiamo una storia con tanto di vestiti dell'epoca e personaggi presi a prestito dall'*Odissea*. Alla fine ne viene fuori un quadretto così grottesco che decido di trovare un'altra eroina a cui appellarmi.

4

Stasera il gruppo registrerà il primo CD musicale; hanno prenotato la sala per una notte intera, dalle otto di sera fino alle otto del mattino dopo. Era l'unica soluzione per pagare una cifra accettabile. L'agente gli ha procurato un tecnico del suono che li seguirà tutto il tempo, mentre io e Sara ci siamo offerte di provvedere al cibo e Marco alle bevande. I miei, dopo le prime resistenze, si sono lasciati convincere a farmi partecipare all'evento. Devo ammetterlo, è stato tutto merito di mio padre che mi ha appoggiato dall'inizio; forse perché si è entusiasmato lui stesso per questa esperienza così elettrizzante, o forse perché gli ha ricordato le sue avventure giovanili, chi lo sa.

E così, dopo interminabili giorni di prove, ecco che finalmente il fatidico momento è arrivato. Sono sul piazzale che funge da cortile di quella che sembra una vecchia fabbrica. Lo spazio è immenso e sinistro. Da fuori sembra completamente abbandonato, non si sentono rumori, ci sono poche luci, e se non fosse per la moto di Mirko parcheggiata davanti, penserei di aver sbagliato indirizzo. Io e Marco scendiamo dal suo motorino e ci avviciniamo a un citofono illuminato. Suoniamo e si accende una luce; wow, un videocitofono, allora il posto così decrepito non è. Una voce ci indica la strada da seguire, e dopo aver oltrepassato un cancello, un vialetto di ghiaia si illumina al nostro passaggio. Camminiamo in silenzio fianco a fianco guardandoci intorno: il paesaggio è quasi spettrale. Passiamo accanto a un alto edificio in mattoni e ci fermiamo di fronte a una porta di ferro. Entriamo e una bianca sala illuminata ci catapulta in un ambiente ultramoderno. Un basso divano sempre bianco sulla sinistra, una lunga libreria anch'essa bianca sulla destra e un bancone che funge da reception si staglia proprio di fronte a noi. Ovviamente non c'è nessuno, così avanziamo verso il corridoio di fronte a noi e finalmente ci viene incontro un signore. Lo seguiamo fino a una delle tante porte cui passiamo accanto, e appena varcata la soglia ci troviamo di fronte a Marta, Mirko, Filippo, Matteo e Edoardo, che parlano con un ragazzo al di là di un vetro, mentre Sara e un altro stanno sistemando alcune prese. Non avevo mai visto prima d'ora una sala di registrazione. Al di qua del vetro si trova la consolle con tutta la strumentazione per incidere, e dall'altra parte la stanza dove si suona, completamente insonorizzata. Ci avviciniamo al vetro e battiamo un colpo.

«Non vi possono sentire, anche il vetro è fatto in modo che non passi neanche una vibrazione» ci dice il signore che ci ha appena accompagnato. Io e Marco ci guardiamo: questo posto è troppo divertente, chissà quando ci capiterà un'altra occasione per visitarlo.

«Facciamoci vedere» dico, rivolta a Marco.

Dopo i saluti, mentre ci stanno per presentare il ragazzo con cui stavano parlando prima, rimango a bocca aperta per lo stupore.

«Federico?»

Lui spalanca gli occhi.

«Vale, come stai? Quanto tempo.»

Guardo Marta che mi sorride allegra.

«Hai visto che stranezza? Lui sarà il nostro tecnico del suono.»

«Non ci posso credere. Cosa ci fai in un posto del genere?» chiedo, meravigliata.

«Questo studio è di mio padre, e quando posso gli do una mano. Mi piace passare i pomeriggi ad ascoltare spot pubblicitari, doppiaggi di film, canzoni. E poi da qui passa parecchia gente famosa.»

Lo guardo stupita: chi l'avrebbe mai pensato che avremmo incontrato proprio Federico, il nostro timido compagno delle medie. All'epoca era talmente riservato da sembrare scontroso. Parlava poco, passava ore davanti alla finestra della scuola guardando gli altri che giocavano a pallone nel cortile. Ricordo che in un paio di occasioni con Marta abbiamo provato a coinvolgerlo, ma lui rifiutava. Ho sempre pensato che fosse un ragazzo triste e invece, a guardarlo adesso, non sembrava affatto. Sorridente, rilassato; senza quell'aria triste da cane abbandonato.

Per qualche minuto ci perdiamo dietro a vecchi ricordi, chiedendoci che fine hanno fatto gli altri della scuola; ma anche lui, come noi, ha perso i contatti con il resto della classe. Quando ormai sembra tutto sistemato, lasciamo la band da sola. Prima di uscire Marta mi trattiene, prendendomi per un braccio.

«Vedi di non fare uno dei tuoi soliti numeri» mi bisbiglia.

La guardo offesa. Anche se, a pensarci bene, ha ragione.

«Questa volta sarebbe dura anche per te; la stanza sembra ben insonorizzata.»

Arriccio il naso e me ne vado; a volte vorrei strozzarla.

Il tempo passa lentamente, i brani vengono interrotti e ripresi varie volte, per provare la strumentazione e per decidere con Federico cosa va aggiustato. Quando finalmente sembra tutto messo a punto, sono già le undici passate e a me è venuta fame. Apro le scatole che ho portato e afferro un pezzo di pizza, offrendone anche agli altri, che non se lo fanno dire due volte. A mezzanotte hanno registrato soltanto la prima canzone e per sgranchirmi un po' esco fuori con Marco a prendere una boccata d'aria fresca.

«Come mai conosci il tecnico?» mi chiede, mentre ci sediamo sull'erba vicino al vialetto.

«Un vecchio compagno delle medie; carino, non trovi?»

Marco mi guarda e per un po' non risponde.

«Stai cercando di farmi ingelosire?»

«Figurati, come ti vengono in mente certe idee?»

«Sembravi così contenta di vederlo.»

«Infatti lo ero, ma non in quel senso. Lo sai che non mi piacciono certi giochetti, non mi appartengono; le poche volte che ci ho provato è stato un disastro, quindi rilassati. E poi se dobbiamo dirla tutta dovrei essere io quella che potrebbe ingelosirsi. Chissà quante belle ragazze spagnole conoscerai a Barcellona.»

«Non dirlo neanche per scherzo.»

Lo bacio sul naso.

«Lo sai quanto tempo ci è rimasto prima che tu parta? Solo due mesi, quasi niente. Dobbiamo vederci più spesso.»

«Ma se già ci vediamo tutti i giorni.»

«Non basta. E poi hai pensato alle vacanze? Non penserai di partire senza di me?»

Marco ride divertito.

«Allora vieni a fare il corso di vela con me» aggiunge subito dopo.

«Perché ci tieni tanto?»

«Mi piace.»

Questa cosa mi indispone: allora non vuole rinunciare proprio a niente!

«Okay, vuol dire che partirò da sola con le mie amiche.»

«Vale, dài non fare così. Sono solo due settimane.»

«Che tolte ai due mesi fanno un quarto del tempo a nostra disposizione.»

«Vale, non ho ancora deciso se andrò a Barcellona.»

«Ma io sì.»

«Mi stai cacciando?»

«Esatto.» Mi avvicino e cerco di abbracciarlo.

«Non sei normale.»

«L'hai capito solo ora?»

Mi fa il solletico, e io cerco di divincolarmi.

«Smettila subito, altrimenti...»

«Cosa fai?»

Cerco con lo sguardo qualcosa che possa afferrare al volo.

«Ti annaffio con quella pompa dell'acqua.»

«Se non ricordo male, l'ultima volta sei finita tu sotto la doccia.»

«Non mi ricordare quell'episodio, non so come non ti ho cacciato di casa.»

«Perché di fronte al mio fascino non resisti.»

Eh sì, mi sa che questa volta ha proprio ragione...

«Anche vanitoso sei diventato.»

«Cosa ci posso fare se riscuoto un certo successo?» risponde malizioso.

«Adesso ho capito perché da un po' di tempo a questa parte sotto casa tua c'è sempre una folla di donne eccitate.»

«Finalmente ci sei arrivata. Non sapevo più come dirtelo» risponde, stando al gioco.

«È vero che come Penelope sono disposta ad aspettare il mio Ulisse, a patto però che questi si meriti la mia fiducia.»

Mi piace quando sono così teatrale, Giorgio sarebbe fiero di me.

«Non sei contenta che il tuo ragazzo piaccia alle altre?»

Lo attiro a me con aria decisa. Adesso è il momento di smetterla.

«Stai attento a quello che fai, potrei anche decidere di seguirti in Spagna.»

«Mmh... mi piace questa cosa.»

Continuiamo a scherzare finché l'umidità non comincia a farsi sentire insistente. Ma prima di tornare dentro lo blocco sulla porta.

«Prima ero seria: se fai il corso di vela non mi vedrai per tutte le vacanze.»

«Veramente ho già pagato per il corso, viene anche Mirko con me.»

Impallidisco.

«Cosa?»

«Sì, non pensavo fosse un problema...»

Vorrei prenderlo a schiaffi.

«Come hai potuto? Non hai pensato neanche per un momento che non era il caso? Possibile che non ti importi niente se non ci vediamo per due settimane?»

«Speravo di convincerti a venire.»

Non gli rispondo neanche, rientro, mi vado a mettere vicino a Federico e non gli rivolgo più la parola.

Altro che Penelope e Ulisse: ma chi lo aspetta un tipo del genere?

Verso l'una arriva mio padre con una busta piena di cornetti caldi. Anche il gruppo si unisce a noi per una pausa, sono abbastanza esausti. Marta si siede vicino a me e mi guarda perplessa, ma non mi sembra il momento di raccontarle della discussione con Marco, così ci mettiamo a parlare delle prove. Mio padre ci racconta dell'unica volta che ha preso in mano uno strumento musicale.

La verità, ammette, è che era innamorato perso di una

compagna delle medie e, dato che aveva saputo da un amico che era una suonatrice di violino, aveva pensato che, per fare colpo su di lei, doveva inventarsi qualcosa: così si era iscritto a un corso di chitarra. Ma si era reso subito conto di non avere futuro, non riusciva a entrargli in testa neanche una nota, così aveva abbandonato prima ancora di cominciare. In compenso era riuscito a mettersi con la compagna di classe, anche se solo per una settimana.

«Come mai così poco?» chiede Marco.

«Mi disse che ero troppo infantile. Ci rimasi malissimo, ricordo che per mesi desiderai di non dover più andare a scuola. Chiesi addirittura ai miei di cambiare classe, eventualità che, ovviamente, non presero minimamente in considerazione.»

Verso le due sono stanca morta e ancora arrabbiata, e dato che l'umore continua a essere dei peggiori decido di approfittare di mio padre e saluto gli altri.

«Non andare» mi dice Marco, trattenendomi sulla porta. «Dovevamo passare tutta la notte insieme.»

«Se è per questo, dovevamo passare insieme molto più tempo di una notte, ma qualcuno ha deciso diversamente.»

«Non è vero, l'altro giorno te ne avevo già parlato.»

«Peccato che hai omesso di dirmi che avevi già deciso o stavi per farlo.»

«Mi vuoi far sentire in colpa?»

«Come minimo. Sto cominciando a chiedermi se mi ami veramente come dici.»

«Vale, come puoi dire una cosa simile?»

Lo guardo duramente.

«Devo andare, mio padre mi sta aspettando.»

«Ti chiamo domani.»

«Fai come vuoi» e via, fuggo nella notte.

Salgo in macchina perfino più depressa di quando

mi ha detto di Barcellona. Questa della barca non riesco proprio a digerirla, poteva veramente risparmiarsela.

«Come mai sei voluta venire via?» chiede mio padre.

«Cominciavo ad avere sonno.»

«Solo questo?»

«Certo.»

«Non è che hai litigato con Marco?»

«Cosa te lo fa pensare?»

Cerco di abbassare il tono, non voglio discutere anche con mio padre.

«È solo un'impressione.»

Rimango in silenzio a osservare la notte; le strade sono quasi deserte e le poche persone che circolano affrettano il passo, guardandosi intorno con aria guardinga. Abbasso il finestrino e lascio che l'aria calda mi accarezzi il viso.

«Marco a settembre si trasferisce a Barcellona, ha ottenuto l'Erasmus.»

Mio padre non risponde e aspetta che vada avanti.

«Sono contenta per lui, anche se quando me l'ha detto ci sono rimasta male. A volte ho la sensazione che siamo destinati a stare lontani.»

«Perché lo dici?»

«Guarda la nostra storia. Ci siamo messi insieme e io ho rovinato tutto, poi lui è tornato ma ero impegnata con Mirko, e ora questa nuova cosa. Non ti sembra crudele la vita?»

Mio padre sembra rallentare, come se volesse darmi il tempo di dire tutto, di aprirmi a lui. È una sensazione piacevole, che non ho mai provato prima. E poi la notte così buia e profonda ci dà ancora più intimità. È lui il primo a interrompere il silenzio.

«Forse hai ragione, ma non puoi neanche pensare che il mondo non andrà avanti perché voi vi siete messi insieme. È normale che capitino certi eventi, specialmente alla vostra età. Dovete crearvi il vostro futuro, per cui lo studio, i corsi all'estero sono un bagaglio che accresce la vostra formazione. Non sarebbe giusto rinunciare per un amore.»

«Veramente pensi che l'amore debba essere sacrificato? Tu avresti rinunciato alla mamma?» Azzardo un po', ma lui non sembra farci caso.

«Non la metterei proprio così. Diciamo che, messo di fronte alla scelta, ci avrei pensato a fondo. Anche se è diverso, se ti capita a vent'anni o a trenta.»

«Credi che non valga la pena sacrificarsi alla mia età?»

«È più facile che non sia vero amore, o per lo meno in quel momento pensi che lo sia, poi crescendo cambi idea, ti innamori di nuovo, e poi ancora e ancora.»

«Questo vuol dire che il mio amore per Marco finirà sicuramente? Non è lui il mio principe azzurro?»

Mio padre sorride e mi scompiglia i capelli.

«Non sei un po' grande per credere alle favole?»

«Mi piace pensare che possa essere così. E poi non riesco a concepire la mia vita senza Marco.»

«Anche l'altra volta l'avevi pensato, eppure poi ti sei messa con Mirko.»

Mi meraviglia parlare di queste cose con mio padre, ma mi viene in modo così naturale.

«Non è la stessa cosa. Intanto mi ci sono messa dopo essermi rassegnata al fatto che non avrei potuto più avere lui. Sono stata fortunata, Mirko è un ragazzo affascinante, ancora oggi mi ritrovo spesso a pensare a lui.»

«Veramente?»

«Non in quel senso, è ovvio, ma è una persona talmente particolare che mi capita di vedere cose che me lo ricordano.»

«Non ti infastidisce che stia con una delle tue amiche?»

Certo che stasera mio padre è proprio scatenato!

Devo dire a mamma di dirgli meno cose di me!

«Da poco riesco a vederli come coppia e sicuramente mi ha aiutato molto stare insieme a Marco.»

Mi arriva un SMS da Marco: 'Sei ancora sveglia?' Sto per rispondere ma poi cambio idea.

Arrivati sotto casa scendiamo dalla macchina, e mio padre mi abbraccia. È bello averlo vicino e sentirsi al sicuro tra le sue braccia.

«Non ci pensare, vedrai che le cose si sistemeranno. Intanto pensiamo alle nostre vacanze... cosa vuoi fare a luglio?»

«Non tocchiamo questo tasto, proprio stasera Marco mi ha detto che va a fare un corso di vela per due settimane insieme a Mirko.»

«Ho capito. Ed è per questo che eri arrabbiata?»

«Sì» ammetto.

«Vedrai che ci inventiamo qualcosa di molto più divertente di un corso di vela!» risponde, provando a tirarmi su.

«Potrei partire con le mie amiche» dico, quasi parlando a me stessa.

«Non è un pochino presto perché ve ne andiate in giro da sole?»

«Lo sapete che tu e la mamma potete fidarvi di me.»

«Non è questo il punto. Non mi piace pensarvi da sole in un posto sconosciuto. Non sai mai chi puoi incontrare.»

Provo a convincerlo, ma lui sembra decisamente poco flessibile al riguardo. Così lascio cadere l'argomento, anche perché ormai siamo dentro casa e c'è un tale silenzio che dopo esserci dati la buonanotte ce ne andiamo tutti e due nelle rispettive camere; ma il sonno mi è passato. Mi preparo per la notte e mi metto a leggere, ma non sono concentrata. Non posso accettare il fatto che Marco mi abbia nascosto che stava per prenotare il corso. Possibile che non abbia pensato che saremmo stati lontani per così tanto tempo? Ovvio che se non ci fosse la questione dell'Erasmus sarebbe stato tutto diverso. Mi giro nel letto ma il sonno non vuole proprio arrivare, così mi alzo e accendo di nuovo la luce. Si merita una lezione, devo partire prima che lui torni, così non mi trova. Questa sì che mi sembra una bella idea. Mi metto a fantasticare sul tipo di viaggio che potrei fare con le mie amiche, e dopo aver percorso l'intero globo ho un'illuminazione: potremmo andare a trovare Svein a Bergen! Che idea geniale. Marta accetterà sicuramente, quanto a Giò, non sono così certa che il padre la lascerà partire... come se i miei fossero molto più tolleranti. Dovremmo dirlo anche a Sara... in realtà non ne ho voglia, ma credo non se ne possa fare a meno. Elettrizzata dal viaggio, accendo il computer e comincio a cercare Bergen segnandomi qualche informazione. Guardo la cartina: è proprio lontano, ma forse possiamo farcela anche con il treno, l'unico scoglio rimangono i genitori. Bisogna escogitare un piano che ci permetta di partire. Dovrebbe venire qualche adulto con noi, ma chi? E poi sarebbe una noia. Certo, se ci fossero anche i ragazzi sarebbe diverso, ma non voglio che Marco ne sappia niente finché non torna. Cerco di ricordarmi la data della sua partenza, ma non mi sembra che me l'abbia detto.

E se Svein neanche si ricorda di noi? Impossibile, ha avuto una storia con Sara. Magari è a Roma adesso, chi può saperlo. Domani devo informarmi, da qualche parte dovrei ancora avere il suo numero di cellulare. Leggermente soddisfatta, spengo tutto e mi butto di nuovo sul letto, ma i pensieri tornano ad affollarsi. E se non riesco a organizzare? Non posso permettermelo, devo assolutamente farcela, e se proprio non sarà possibile, posso sempre scrivere alla nonna di Mirko e farmi ospitare da lei a Parigi. Anche questa possibilità non è da escludere. Mi giro istintivamente verso il delfino di legno che ho appoggiato alla parete, accendo nuovamente la luce e lo osservo in silenzio. Quando Nuvola entra nella mia camera gli abbaia contro, come se non si sentisse a suo agio con un animale così grande; eppure non può in nessun modo incutere timore, quegli occhi sono così dolci. Gli sorrido di rimando e spengo ancora una volta la luce; sprofondo nel sonno prima ancora di rendermene conto, ma un attimo prima di lasciarmi andare, mi riprometto di dargli un nome.

Un raggio di sole entra dalle finestre e mi sveglia di colpo. Mi colpisce in viso come se qualcuno mi avesse puntato una torcia contro; guardo la sveglia e sono appena le sette e mezza. Quanto ho dormito? Tre ore, forse quattro. Mi giro dall'altra parte e nascondo la testa sotto il cuscino, ma fa già caldo a quest'ora del mattino, e così con un calcio allontano le lenzuola per cercare un po' di refrigerio, ma la sensazione di benessere dura poco; nel giro di pochi minuti mi sento il mio corpo emanare un calore insopportabile. Potrei fare una doccia e rimettermi a dormire, ma ho le gambe pesanti e mi mancano le forze. Mi giro a pancia sotto e per qualche secondo mi sento meglio, ma anche così dura poco, quando alzo la testa per vedere l'ora mi accorgo che è passata solo mezz'ora. Accendo lo stereo, sperando mi sia d'aiuto, e poi cerco il cellulare sul pavimento, ma non lo trovo. Stancamente mi alzo per vedere dove posso averlo poggiato, ma sembra svanito nel nulla. Ancora insonnolita provo a ricordarmi quando l'ho usato l'ultima volta, ma niente, la testa non vuole cooperare. Ci penserò dopo, mi dico lasciandomi di nuovo cadere sulle lenzuola. Sento un movimento silenzioso ai piedi del letto, apro un occhio, è Nuvola che mi guarda scodinzolando. Allungo una mano; lui lo interpreta come un segnale di invito e salta sul letto. No, penso, mentre si distende appoggiandosi pesantemente alla mia schiena. Provo a fare resistenza, ma lui ignora le mie proteste, e anzi, si fa maggior spazio allungando le zampe. Il calore del suo corpo si irradia dentro di me mentre cerco inutilmente di mettere più spazio tra noi due. Mi ritrovo addossata al muro e con poca possibilità di movimento. Punto i piedi contro la parete e con il sedere spingo Nuvola verso l'esterno del letto, e lui si lamenta senza capire. Non soddisfatta, continuo con la mia manovra finché lui con uno scatto si alza, scende dal letto e se ne va via offeso. Sorrido mentre mi stiracchio soddisfatta; mi farò perdonare più tardi. Lo porterò a fare una bella corsa ai giardini. Finalmente riesco a riaddormentarmi, e quando mi sveglio di nuovo sono le undici passate. Adesso il sole ha inondato la stanza con una luce accecante, tanto che mi chiedo come sono riuscita a dormire fino a ora. Mi torna in mente quella volta in cui sono stata in tenda con Marta in campeggio, quando la mattina, alle prime luci dell'alba, il sole è penetrato attraverso la tenda e mi sono sentita come se avessi dormito a cielo aperto. Presa alla sprovvista mi sono affacciata fuori non riuscendo a capire dove mi trovassi o se per caso durante la notte qualcuno avesse spostato la tenda mettendoci nel mezzo di un mercato affollato. Al solo pensiero mi viene da sorridere. Sembra che siano passati cent'anni.

Mi alzo dal letto e vado a spalancare la finestra, poi cambio idea e chiudo le imposte: oggi ci saranno almeno quaranta gradi. Vado a fare la doccia e quando esco mi accorgo che la casa è deserta: sembra siano tutti fuori. Entro in cucina e apro il frigo. Tiro fuori il latte e poi afferro dallo sportello superiore i corn flakes. Sul tavolo trovo una spremuta d'arancia e un ciambellone, così rimetto a posto i cereali e mi avvento sul dolce: mi è improvvisamente scoppiata una fame pazzesca. Squilla il telefono di casa e rispondo, è mia madre che si è dimenticata la lista della spesa in camera sua. Dopo averle ricordato le cose da comprare, vado di nuovo alla ricerca del mio cellulare: è strano che nessuno mi abbia ancora cercato. Dopo una buona mezz'ora passata a rovistare dappertutto mi rassegno all'idea di averlo fatto finire chissà dove, così chiamo Marta.

«Finalmente ti sei fatta viva. Perché te ne sei andata via in quel modo ieri sera? Non avevi detto che saresti rimasta fino alla fine?»

«Scusa, non ce l'ho fatta. Com'è andata? Siete riusciti a finire?»

«Non ci crederai, Vale, ma ho il nostro CD proprio qui con me. Non mi sembra vero. Mirko ha anche preparato l'etichetta da applicare sopra. Sembra uno di quelli veri, c'è anche l'elenco delle canzoni. Devi vederlo, fa effetto.»

«Perché non passi a trovarmi? Ho perso il cellulare, non è che per caso l'hai visto ieri sera? Forse l'ho dimenticato in sala prove.»

Marta non ricorda quasi niente di ieri sera, è stata troppo concentrata a registrare; sento dalla voce che è ancora su di giri, e ride e scherza come in una delle sue giornate migliori. Rimaniamo d'accordo di vederci dopo pranzo, ma nel frattempo mi dà il cellulare di Federico per sentire se per caso ha trovato il mio. Marco crederà che non voglio parlargli, penso soddisfatta mentre torno in cucina e taglio un'altra porzione di dolce. Non faccio in tempo a finire di mangiare la quinta fetta che suonano alla porta, così con la bocca ancora piena vado a vedere chi è: lupus in fabula!

Apro e rimango ferma a osservare Marco oltre la soglia.

«Hai deciso di cancellarmi dalle persone che conosci?»

«Potrebbe essere un'idea. Come mai sei qui?»

«Sono ore che provo a chiamarti e a mandarti SMS.»

«Veramente? Come mai, è successo qualcosa?»

«Dobbiamo rimanere a parlare qui sulla porta?»

«Non so se ti voglio fare entrare.»

Marco fa un passo, ma io svelta chiudo la porta. Lui comincia a bussare con foga, chiamando il mio nome.

«Non voglio vederti, vattene via!»

«Non me ne vado finché non parliamo. Apri.»

«No» dico.

«Vale, non ti sembra di esagerare?»

«Dimmelo tu.»

«Va bene, hai ragione; dovevo essere più chiaro e dirti che stavo per prenotare il corso di vela con Mirko. Scusa, non pensavo ci saresti rimasta così male.»

«La cosa che mi fa arrabbiare è constatare che non ti dispiace non stare insieme a me per due settimane, sapendo che dopo partirai per chissà quanto.»

«Non è come pensi.»

Sento che la vicina sta armeggiando con la sua porta e tra poco invaderà il pianerottolo.

«Ah no? e com'è?»

«Vale, ti prego, apri. Non posso parlare a una porta chiusa.»

Marco ha abbassato la voce e la vicina pare abbia deciso di non fare una scenata e rimanere in casa.

«Questo è il massimo che ti concedo, per il momento. Non voglio che approfitti della vicinanza per confondermi le idee.»

Mi mordo la lingua, perché gli ho rivelato questa mia debolezza? Adesso sa che quando mi è vicino perdo la ragione. Lo sento appoggiarsi alla porta con la testa e istintivamente mi avvicino. Trattengo il respiro mentre con il viso cerco la zona in cui potrebbe stare.

«Vale, ti prego, parliamone. Ti giuro che se apri non ti tocco.»

Ma io voglio che mi tocchi, anzi voglio che mi stringa con forza e mi riempia di baci.

Allungo una mano e la poggio alla sottile parete di legno che ci separa. Chissà se sente il mio respiro affannoso, le vertigini che mi avviluppano come un serpente.

«Vale...»

Gli occhi mi si riempiono di lacrime e mi tappo la bocca con le mani per non urlare. Oh Marco, Marco, Marco, mille volte Marco. Perché, perché non possiamo stare insieme per sempre? Perché il destino continua a separarci? Forse allora non siamo veramente destinati l'uno all'altra; forse le nostre strade devono dividersi. Apro il palmo della mano e faccio un movimento circolare intorno al punto in cui penso sia appoggiato lui. Di slancio apro la porta, ma il pianerottolo è vuoto. Corro giù per le scale e quando sento lo scatto di apertura del portone urlo il suo nome. Arrivo giusto in tempo per vedere la porta chiudersi; la spalanco di nuovo e mi trovo mio madre, Giulia e Nuvola che mi guardano meravigliati.

«Vale, ma ti sei vista? Ti sembra questo il modo di andare in giro?»

Vedo la schiena di Marco perdersi dietro la gente; vorrei urlare, vorrei corrergli incontro e dirgli che già mi manca. Ma sono scalza, con addosso solo gli slip e una maglietta.

«Torna immediatamente dentro» continua mia madre, con voce strozzata.

«Non è come pensi...» provo a protestare.

«Entra subito, o ti trascino per i capelli.»

Guardo il suo viso congestionato. Apro la bocca per spiegare, ma poi capisco che non è il caso. Le giro le spalle, e di corsa salgo i gradini due a due, ma purtroppo sono costretta ad aspettarla sul pianerottolo, dato che nell'uscire mi sono anche chiusa fuori di casa.

Senza dire una parola entriamo e io mi dileguo velocemente in camera mia.

Ma possibile che colleziono solo brutte figure?

5

Sembra che mio cellulare sia sparito. Ho provato a chiamare Federico, ma non mi ha mai risposto, forse non riconoscendo il numero ha deciso di non accettare la chiamata. Sono chiusa in camera ormai da un paio d'ore e per fortuna mia madre non è venuta a farmi una ramanzina per come sono uscita di casa. Aspetto che arrivi Marta, ho talmente tante cose da dirle che non so bene da dove cominciare. Mi sento in colpa per non aver fatto entrare Marco in casa, ma poi mi ricordo come si è comportato e mi rincuoro: ho fatto la cosa giusta, se lo merita. Mi metto al computer e mi viene in mente che stasera c'è la festa di Giorgio al mare.

E adesso cosa faccio? Lo chiamo e sento un frastuono pazzesco. Sta sistemando il terrazzo insieme a un paio di suoi amici.

«A che ora venite?» mi chiede.

Gli spiego a grandi linee la situazione e lui non fa una piega: sostiene che il genere umano per sua natura non è fedele, per cui il fatto che Marco parta per Barcellona di per sé è un semaforo arancione, ma partire due settimane da solo con Mirko per un corso all'isola d'Elba è proprio un semaforo rosso.

«Grazie per l'aiuto che mi stai dando. Speravo mi dicessi di non preoccuparmi, e invece butti altra legna sul fuoco.»

«Lo sai come la penso, non credo ci sia molto da stare allegri in fatto di fedeltà.»

Alzo gli occhi al cielo, non dovevo chiamarlo. A volte sa essere veramente paranoico. E poi, cosa c'entra la fedeltà con la mia storia?

«Sveglia, dolcezza, è un chiaro segno che ha bisogno di aria fresca.»

Lo odio quando mi chiama così! Mi fa sentire una stupida.

«Se le tue storie sono sempre finite con dei tradimenti, non vuol dire che tutto il mondo si comporti allo stesso modo.»

«Tu dici?» e dal tono che usa capisco di essere caduta in una trappola.

«Ascolta, non ne voglio parlare, va bene? Non ho chiamato per dirti questo, ma solo per avvertirti che stasera non posso venire.»

«Sai, non mi aspettavo che fossi così dipendente da Marco.»

Ora vado lì e lo strozzo!

«Ti sei reso conto che da quando ti ho chiamato non hai fatto altro che attaccarmi o dire cattiverie sul genere umano? Non te la puoi prendere con il mondo se sei deluso dalla tua vita.»

«Scusami, hai ragione, ho esagerato. Se ti trovo un passaggio, ci vieni alla festa?»

«E poi come torno?»

«Ti accompagno io domani.»

«Grazie, ma è meglio di no. Oggi mia madre non mi vede di buon occhio.»

«Peccato, ti stai perdendo una festa fantastica. Facciamo anche la brace, e poi andiamo tutti a fare il bagno a mezzanotte.»

«Ti prego, Giorgio, non infierire.»

«Okay, ma se cambi idea vieni anche senza avvertirmi, per te le mie porte sono sempre aperte.»

Sorrido rincuorata da quelle parole d'affetto.

«Sei un vero amico.»

«Lo so. Ci sentiamo presto, baci.»

Lo saluto, e decido di buttare via dei vecchi vestiti che ho ancora nell'armadio ma che ormai non mi stanno più da anni. Mezz'ora dopo sono a spasso con la mia amica.

«Ci pensi se veramente qualche casa discografica ci chiama?»

«Sarebbe come coronare un sogno. Cos'hanno detto i tuoi?»

«Mio padre l'ha trovata una cosa divertente e mia madre sostiene che dietro c'è sicuramente qualcosa di losco.»

«Non si smentisce mai.»

Marta annuisce, ma non commenta.

«Secondo me è un'occasione d'oro aver trovato questo agente. Per il momento non vi ha chiesto nulla; e vorrà pur dire qualcosa il fatto che abbia scelto voi.»

Marta mi guarda e sorride.

«Forse non dovrei illudermi che da questa storia possa uscire qualcosa di buono.»

«No, assolutamente. Certo, il fatto di aver realizzato un CD non vuol dire niente: immagina quanti gruppi musicali manderanno il loro materiale alle case discografiche. Ma la fortuna è strana, magari qualcuno di loro vi ascolta e si innamora del vostro modo di suonare e cantare. Chi può dirlo? E se le cose vanno male, al massimo sarà stata una bella esperienza. A me dispiace solo di non essere dentro questa avventura, ma con la musica sono proprio negata. Forse ho preso da mio padre.»

Passeggiando siamo arrivate al Pincio, e ci affacciamo a guardare piazza del Popolo. Mi ricordo la prima volta in cui ci sono venuta con Marco; allora le cose tra noi non erano ancora chiare. Ero già pazza di lui, ma pensavo che mi considerasse solo una sorella minore. Guardandolo di nascosto mentre si affacciava dal muretto, ho pensato che era il ragazzo più bello che avessi mai visto, ed era impensabile che un tipo simile potesse accorgersi di me.

«A cosa pensi?»

«A Marco, tanto per cambiare. Secondo te sto esagerando sulla storia dell'Elba?»

Lei chiude gli occhi e sospira.

«Direi proprio di no: io al posto tuo mi sarei arrabbiata di più. A volte non lo capisco, sembra non rendersi conto delle situazioni. Insomma, dopo l'estate parte per andare a studiare all'estero, ma si comporta come se niente fosse. A casa non ne parla e se non era per mio padre che si è esaltato quando ha saputo la notizia e ci ha portato fuori a cena, penso che non l'avrebbe neanche detto.»

«Forse aveva paura che tu mi dessi la notizia prima di lui.»

«Forse.»

Camminiamo fianco a fianco, assorte.

«Ho voglia di fare qualcosa di diverso» dico.

«Di che tipo?»

«Non lo so, ho bisogno di cambiare aria. La scuola è finita, ci sono le vacanze in arrivo. Ma quest'anno dopo quella notizia mi sembra tutto insipido e senza valore.»

«Sei solo un po' giù.»

«Stanotte, dopo che vi ho salutato e sono tornata a casa, non riuscivo a prendere sonno. Ho cominciato a pensare di fare un viaggio, e sai cosa mi è venuto in mente?»

Lei mi guarda.

«Svein.»

«Come mai?»

«Perché non andiamo a trovarlo?»

«Stai scherzando? Sarebbe fantastico. Ma come pensi di riuscire a convincere i nostri genitori a farci partire da sole? Forse se viene anche Marco...»

«Veramente l'idea è nata proprio perché non volevo farmi trovare al suo ritorno: immaginati la sua faccia quando prova a cercarmi e mia madre gli dice che sono partita per la Norvegia. E da lì ho pensato che noi ragazze non abbiamo mai fatto una vacanza da sole.»

«Ti è venuta una bella idea, mi piacerebbe proprio fare un viaggio tutte insieme. Possibile che non riusciamo a inventarci qualcosa?»

«Volevo dirlo anche a Giò.»

«E a Sara.»

Storco il naso.

«Insomma, ancora con quella storia?»

«Va bene, come non detto, anche Sara.»

«E a chi altri potremmo dirlo?»

«A Giorgio, che è anche maggiorenne.»

«I tuoi ti lascerebbero partire sapendo che c'è lui?»

«Non saprei, ma potremmo giocarci la sua carta, è maggiorenne e di sesso maschile.»

«Perfetto, allora devi invitarlo a cena almeno un paio di volte e fare in modo che tua madre si innamori pazzamente di lui.»

«Basta che parli di letteratura classica ed è fatta.»

«Grandioso.»

«Sara non ne deve fare parola con Mirko.»

«Penso che non ci saranno problemi, so che hanno litigato anche loro per via del corso di vela.»

«Veramente?»

Immagino la reazione di Mirko: si sarà infuriato, non gli sono mai piaciute le imposizioni. Mi ritrovo a pensare a come deve essere il loro rapporto, non riesco a non fare confronti. Eppure Sara è così diversa da me, molto più simile a Mirko. Mi viene in mente la volta in cui mi ha confessato di non essersi mai innamorata. Adesso anche lei ha potuto toccare con mano, non poteva certo continuare a stare con quell'allocco del farmacista e, cosa molto più importante, non poteva capitare meglio.

«Proprio quelle due settimane i genitori di Sara partono per una vacanza lasciandola da sola, senza neanche il fratello» risponde Marta.

«E Mirko lo sapeva?»

«Pare di sì, ma lui nega.»

Scuoto la testa: dicono che quelle strane siamo noi, ma pure i ragazzi non scherzano!

«Sei poi riuscita a trovare il cellulare?»

Annuisco. Alla fine è saltato fuori, mi è caduto ieri notte nella macchina di mio padre, ma lui se n'è accorto solo a pranzo, mentre stava andando a un appuntamento. Ha cominciato a squillare, e lui, non riuscendo a capire cosa fosse, si è fermato e l'ha trovato; era finito tra il sedile e lo sportello del passeggero.

«Hai visto com'è diventato carino Federico?» dico a Marta mentre ci andiamo a sedere su una panchina.

«Ieri sera quando ha aperto la porta non l'ho riconosciuto subito; vedevo che mi fissava e per buoni dieci minuti ho pensato che gli piacevo, così ci ho scherzato e fatto qualche battuta. Quando poi mi ha detto: 'Possibile che non ti ricordi di me?' volevo sprofondare.»

Ridacchio immaginando la scena.

«Dobbiamo invitarlo, uno di questi giorni. Anzi, perché non lo chiamiamo e andiamo alla festa di Giorgio con lui?»

«Quale festa?»

«Quella di stasera ad Ansedonia. Te n'eri dimenticata?»

«Come andiamo se non vuoi far venire Marco, che è l'unico di noi a guidare?»

«Giorgio si è proposto di chiedere a qualche suo amico di passare a prenderci. Anche se non mi ha garantito il ritorno per stasera.»

«Non posso dormire fuori, domani mattina ho promesso a mia madre di accompagnarla al mercatino di ponte Milvio.»

«Peccato, poteva essere un'occasione. Mi dispiace non poterci andare» dico sconsolata.

«Senti, dobbiamo concentrarci sulla nostra vacanza. Più ci penso e più mi sembra un'idea molto fica.»

Mi rammarico notando che ha già accantonato l'argomento Federico: se continua di questo passo si dimenticherà anche come è fatto un bacio.

«Come pensi che dovremmo procedere?»

«Per prima cosa sentiamo le altre ragazze per sapere se vogliono essere dei nostri.»

«Giusto, chiamiamole.»

Tutte e due si entusiasmano, ma sono scettiche sul risultato. L'idea sarebbe di partire intorno al 12 luglio, due giorni prima del ritorno di Marco e Mirko dall'Elba. Sara pensa che l'idea di inserire Giorgio possa funzionare, sempre a patto che lui voglia unirsi a noi. E Giò suggerisce di contattare il CTS, perché spesso organizzano viaggi per piccoli gruppi.

«In quel caso dovremmo stare sempre con degli sconosciuti» dice Marta.

«E se chiedessimo alla zia Mapi? Pensi che ci aiuterebbe?»

«A mentire ai nostri genitori? Non credo. Forse però ci accompagnerebbe.»

Dopo aver proposto mille varianti, arriviamo alla conclusione che le possibilità sono due: o dire la verità o convincere i genitori che Giorgio sia una specie di guida. Salutiamo le nostre amiche lontane e torniamo verso casa.

Il fine settimana passa lentamente, e riesco senza grandi difficoltà a evitare di uscire con Marco, adducendo un improvviso contrattempo – un'influenza di mia madre – che mi tiene vincolata ai miei per tutto il week-end. Lunedì arriva che non ho ancora deciso come passare la settimana, ma dato che il caldo è davvero opprimente convinco Marta ad andare al mare a Ostia. È in compagnia di Sara, e se in un primo momento la cosa mi infastidisce leggermente, decido che è ora di lasciarmi tutto alle spalle e provare a farla tornare nella cerchia ristretta delle amiche del cuore.

Arriviamo di fronte al mare che sono già le undici passate e l'afa è insopportabile. Prendiamo l'autobus e percorriamo la strada che costeggia il lungomare per fermarci ai cancelli. Anche se è un giorno infrasettimanale, c'è una fila di macchine parcheggiate lungo i lati della strada. In un attimo siamo in spiaggia e prima ancora di stendere gli asciugamani siamo già dentro l'acqua.

«Qui la prima volta ci sono venuta con Marco» dico.

«Uffa, che noia. Ci hai fatto caso, Sara, Vale parla solo e sempre di mio fratello?»

Sara annuisce con aria complice e insieme mi spingono sotto con la testa.

«Ehi, così mi fate bere. E poi non è vero che parlo sempre di lui!» ribatto offesa.

«Come no! È un continuo: qui ci sono stata con Marco, qua è dove mi ha baciato per la prima volta, lì è dove mi ha detto che mi amava. Sei diventata una vera lagna» continua Marta inclemente.

«Va bene, ma allora se sono diventata così noiosa perché continui a vedermi?»

«Cosa devo fare? In fondo sei mia amica. Spero che prima o poi tu rinsavisca e la smetta di essere monotematica.»

Per un attimo non capisco se mi sta prendendo in giro, ma i suoi occhi mi sembrano sinceri. Dunque sono diventata una di quelle ragazze che vivono solo per il fidanzato? Che nel momento in cui si mettono con qualcuno cancellano il resto del mondo?

«Ma se voglio partire con voi!» provo a replicare.
«Solo per farla pagare a...»
«MARCO!!!» finiscono all'unisono e scoppiano a ridere.
«Me ne vado. Non voglio rimanere un minuto di più con due vipere come voi. E pensare che dalle amiche ci si aspetta comprensione.»
Ma loro, continuando a sghignazzare, mi fanno il verso e mi spingono di nuovo la testa sott'acqua.
Quando torniamo sulla spiaggia, sono ancora infastidita dall'attacco di Marta. Se sono diventata tanto noiosa devo porre rimedio. Ho sempre odiato le persone che vivono per il ragazzo. Ma tra qualche mese il problema non si porrà più, Marco se ne andrà e io rimarrò qui da sola.
«Stavo scherzando, Vale. Non devi offenderti.»
Annuisco in silenzio, ma sono contrariata più da me stessa che dalle loro battute. Mi distendo al sole a pancia sotto e lascio cadere l'argomento. Come mi succede sempre quando sono al mare mi addormento, e quando mi sveglio trovo solo Sara al mio fianco. Marta è andata a comprare dell'acqua e dei gelati al chiosco. Mi giro e rimango con gli occhi chiusi, ma poi mi ricordo di non essermi messa la crema; così, anche se a malincuore, mi alzo e comincio a cospargermi tutto il corpo.
«Ne vuoi un po'?» chiedo.
«Me la sono messa prima di uscire di casa. Se avessi aspettato fino adesso mi avresti dovuto raccogliere con un cucchiaino. Lo sai che ho la pelle molto sensibile.»
«Come Mirko» rispondo annuendo. Mi rendo subito conto, nel momento stesso in cui lo nomino, che starà pensando che l'ho fatto apposta; sale un certo disagio tra di noi.
Il silenzio si fa più forte e tutte e due cerchiamo di mostrare una disinvoltura che non sentiamo. Cerco di vedere se Marta sta tornando, ma sembra sparita. Po-

trei andare a cercarla, ma allora sembrerebbe proprio che l'ho detto apposta per provocarla.

«Lo so che sei ancora arrabbiata con me» dice Sara rompendo il silenzio.

Ecco, ci siamo. All'improvviso tutto il rancore per come sono andate le cose mi torna fuori. Provo a ricacciare indietro le mille parole d'accusa che vorrei urlarle contro. Non vorrei, mi ero ripromessa di cancellare tutto, ma il nodo che in questi mesi è rimasto chiuso nel mio stomaco vuole venire fuori. Guardo la sabbia davanti a me e ci affondo i piedi dentro, ma è bollente, così li ritraggo sull'asciugamano.

«Molto meno rispetto a qualche tempo fa.»

«Mi dispiace, Vale, non avrei voluto farti soffrire. Mi conosci, non mi sarei mai immaginata potesse succedermi una cosa che ancora oggi mi sembra impossibile: innamorarmi di qualcuno.»

Trattengo il respiro involontariamente, ma poi mi chiedo: perché? Non mi sta dicendo niente di nuovo.

Mi torna il mente il giorno in cui Mirko me l'ha detto, quando l'ho guardato con stupore e ho pensato che non poteva essere vero, e non potevo credere che una delle mie migliori amiche fosse stata con lui di nascosto. Eppure allora non riuscivo a essere così arrabbiata come lo sono stata successivamente.

«La verità è che mi sono sentita tradita. Per mesi mi sono confidata con te come con le altre, per chiedere un aiuto sulla mia situazione, per sapere come comportarmi. Stavo male all'idea di lasciare Mirko, all'idea di farlo soffrire. E mentre mi facevo tutte queste paranoie, voi due vi frequentavate e vi stavate innamorando. Non è per il fatto in sé, è chiaro che sono contenta che tu abbia trovato qualcuno con cui stai bene, e oggi sono doppiamente contenta che sia proprio Mirko. Ma cavolo, Sara, dovevi dirmelo appena successo, anche a costo di farmi stare male! Non dovevo venirlo a sapere da lui, era compito tuo. Le vere amiche sono leali anche a costo di compromettere l'amicizia. Come potevi pensare che questa storia non venisse fuori?»

Sara non riesce a guardarmi negli occhi; sembra stia fissando un punto lontano.

«Ogni ora trascorsa senza riuscire a trovare il coraggio di affrontarti mi faceva stare sempre peggio; mi dicevo 'aspetta, forse domani troverai il momento giusto', ma poi quel giorno non arrivava mai. In seguito ho capito che è stato un errore, che per queste situazioni non c'è mai il momento adatto. La verità è che mi vergognavo da morire a venire a dirti che mi ero innamorata del tuo ragazzo.»

Rimango in silenzio a fissare il mare.

«Aspettavo che le cose tra voi si definissero, che tu decidessi cosa fare. Ero disposta a rinunciare a lui, se sceglievi Mirko. Lo so, ogni parola è priva di senso.»

Ora gira i suoi occhi verso di me e sembra implorare la mia comprensione.

«È qui che ti sbagli, le parole contano, e molto. Al momento non avrei accettato la cosa, ma col tempo avrei apprezzato la tua sincerità e avrei capito che la nostra amicizia aveva ancora valore. Ma tu, a parte qualche debole scusa, hai lasciato cadere l'argomento, facendomi pensare che non tenevi a noi.»

«Non è così, e lo sai.»

«Sei troppo ermetica Sara, i rapporti e i sentimenti non sono mai scontati. E una parola in più è meglio di una in meno. Almeno io la vedo così. Insomma, ammettilo, tu al posto mio cosa avresti fatto?»

Sara torna a guardare il mare.

«Non ne ho idea. Lo sai che cerco sempre di razionalizzare tutto, ma questa cosa mi è sfuggita di mano e non sono riuscita a controllare niente. Quando siamo stati insieme la prima volta...»

Alzo una mano per fermarla.

«No, ti prego, non sono ancora pronta per le confidenze su di lui.»

Per me ha rappresentato tanto e ancora oggi ci penso con grandissimo affetto. Le emozioni che ho provato non le ho vissute neanche con Marco.

«Questo non vuol dire che sono ancora innamorata di lui, puoi stare tranquilla, ma non mi va di parlarne, tutto qui. Sicuramente tra un po' non ci sarà più nessun problema, ma non ora. Mi dispiace.»

Sara annuisce seria e in quel momento, con un tempismo perfetto, arriva Marta.

«Cosa sono quelle facce serie? Guardate un po' cosa vi ho portato» dice, dondolandoci davanti agli occhi tre bei gelati.

«Finalmente, stavamo per venirti a cercare» dico sorridendo.

«Sei stata via una vita» continua Sara.

Per una frazione di secondo i nostri occhi si incrociano e io le dico a bruciapelo: «Per questa volta ti perdono, ma la prossima volta sarò inclemente: se ci riprovi ti taglio tutti i capelli a zero!»

Marta riesce a cogliere solo l'ultima frase.

«Mio dio, Vale, non riesco proprio a immaginarmi Sara pelata. Per una tragedia simile sarebbe capace di buttarsi giù da un ponte.»

Lei mi guarda e ride felice. Come sono generosa, penso addentando un pezzo di cioccolato ghiacciato.

6

Sono giorni che stiamo lavorando all'organizzazione del viaggio, e stasera ho invitato Giorgio a cena. Confido molto in lui, e sono tre giorni che angoscio il mio amico sull'importanza di quest'occasione. Lui, quando gli ho esposto il piano, ha detto che siamo una banda di matte, e per un po' si è rifiutato di essere coinvolto. Ma dopo le snervanti insistenze da parte mia ha ceduto, promettendo di fare il possibile perché i miei possano vederlo come una persona affidabile e seria. In realtà penso che speri in un nostro ripensamento all'ultimo minuto. Prima di organizzare ogni minimo dettaglio, ovviamente abbiamo contattato Svein, perché senza di lui tutto questo non avrebbe avuto molto senso; certo, si potrebbe sempre cambiare meta, ma in questo caso sarebbe tutto più complicato. Sapere invece che ci aspetta qualcuno a Bergen mi fa sembrare ogni cosa meno rischiosa. Siamo tutte e quattro grandi, è vero, ma non abbiamo mai viaggiato completamente sole, meno che mai fuori dall'Italia.

Pensavo che Sara non avrebbe visto di buon occhio questo viaggio pe via del norvegese, ma quando gliel'abbiamo fatto notare, ha chiuso l'argomento con un tranquillo 'acqua passata'. Chissà cosa penserebbe Mirko se venisse a saperlo; conoscendolo non apprezzerebbe affatto la cosa. Per quanto mi riguarda, invece è difficile riuscire a mantenere il segreto con Marco; dopo quella volta a casa mia ci siamo visti diverse volte, e io ho cercato di essere il più convincente possibile, dicendogli che ero dispiaciuta del suo comportamento ma che poi, alla fine, non aveva così tanta importanza, e che ci saremmo rifatti al suo ritorno. Lui si è subito tranquillizzato e non ha sospettato neanche per un momento che avevo perdonato tutto troppo in fretta.

A volte sono colpita dalla freddezza e dalla tranquillità con cui ho accettato il suo Erasmus. Chissà se dipende dal fatto che ormai siamo più adulti o perché confido nei nostri sentimenti, che so per certo essere forti. Forse mi sbaglio, e magari tra un mese mi sarò pentita della mia disponibilità, ma penso sia più probabile che se le cose devono durare, questo avverrà anche nonostante le barriere e le avversità. Si dice spesso che la distanza rafforza i legami forti, e io spero che sia il nostro caso.

Il suono del campanello mi distoglie dai miei pensieri.

«Mamma, vado io» urlo dal corridoio mentre corro ad aprire in volata. Un Giorgio ripulito mi accoglie sorridente. Indossa dei jeans chiari e una camicia blu; i capelli, di solito spettinati, sono sistemati in modo impeccabile. Per l'occasione si è tolto anche l'orecchino che ultimamente porta all'orecchio destro e l'anello d'argento al pollice sinistro. Lo guardo divertita e lo tiro dentro.

«Come sto, posso andare?» bisbiglia.

«Perfetto. Un ultimo consiglio, attento a mio padre, che ama scherzare ed è un provocatore nato. Non cadere nella sua rete, altrimenti sei finito.»

«Mio dio, lo sapevo che non dovevo accettare... neanche fossi la mia ragazza.»

«Ssh, non lamentarti e vieni con me» rispondo trascinandolo in camera. Chiudo la porta.

«Che succede, mi vuoi saltare addosso?»

«Stai attento che potrei farci un pensierino» rispondo.

«Lo so che ne saresti capace. Già ti senti sola?»

Lo spingo sul letto e lo faccio sedere.

«Ripassiamo prima di andare a cena.»

«Oddio, mi sembra di essere tornato a scuola.»

«Fai silenzio.»

Con calma ripercorriamo tutto il programma: il gruppo sarà composto da Giorgio, Mirko, Marta, Sara, Giò e ovviamente me. L'occasione è uno spettacolo che Giorgio deve organizzare a Bergen insieme al nostro amico norvegese. Dormiremo in un ostello, noi ragazze in una camera da quattro e loro due da Svein. Il viaggio si farà in aereo e non in treno come avevo pensato all'inizio; ci siamo informati in rete e ci sono dei voli molto economici. Marco ovviamente non potrà venire perché per il giorno in cui abbiamo fissato la partenza è ancora all'Elba.

«I tuoi non hanno modo di chiamare Mirko? Lo sai che se ci parlano sapranno che è insieme al tuo fidanzato.»

«Figurati, non lo chiamerebbero mai: da quando non stiamo più insieme non hanno contatti con lui.»

«E cosa dirai quando non lo vedranno all'aeroporto?»

Rifletto un momento.

«Questo è un dettaglio a cui penserò più avanti.»

«Vale, hai immaginato a quello che potrebbe succedere se i tuoi scoprissero che gli stai mentendo? Perché non gli dici la verità? Non mi sembrano persone irragionevoli, sono convinto che dopo un primo momento di sconcerto accetteranno di mandarti in vacanza da sola.»

Lo guardo indecisa.

«E se me lo vietano?»

«Perché dovrebbero? Mi sembra di aver capito che i tuoi genitori non sono rigidi come quelli di Marta.»

Annuisco.

«Giorgio, voglio assolutamente fare questo viaggio con le mie amiche, sono convinta che sarà un'esperienza indimenticabile.»

«E allora diglielo. Fagli capire quanto ci tieni, e se proprio dovessero negartelo ci inventeremo qualcosa. Mi sembra una storia poco credibile, quella dello spettacolo. Insomma, non avete mica quindici anni.»

«Parli così perché sei un ragazzo.»

«Immagino che per voi deve essere più difficile ma, ripeto, i tuoi mi sono sembrati, le poche volte che li ho visti, persone carine. E poi, scusa, non mi hai sempre detto che loro ci tengono molto alla fiducia che ripongono in te? Vuoi tradirla in questo modo per una stupidaggine del genere?»

Mi alzo innervosita.

«Non puoi girarmi le carte in tavola proprio adesso, Giorgio» rispondo, sapendo perfettamente che ha ragione.

«Lo dico solo per te. Se vuoi andiamo di là e facciamo questa farsa, ma io ci penserei bene prima di impelagarmi in una storia così strampalata.»

Chiamo Marta sul cell e le chiedo cosa ne pensa, ma è di corsa, così chiamo Giò che ammette che le perplessità di Giorgio sono lecite: lei stessa stava pensando di non voler mentire al padre. Attacco e compongo il numero di Sara.

Ovviamente non sa cosa consigliarmi. Lei è un caso a parte, i suoi sono spesso fuori e con loro ha un pessimo rapporto. Non farebbe molta differenza per loro se la figlia partisse da sola, con le amiche o con un ragazzo. L'hanno sempre usata come baby-sitter per il fratello – e ora che è cresciuto sono a casa ancora meno di prima.

Chiudo la telefonata ancora più confusa di prima.

Sento bussare alla mia porta e mio padre appare sulla soglia.

«È pronto, venite a tavola?» chiede, dopo aver salutato Giorgio.

Ci alziamo e insieme raggiungiamo mia madre in cucina. Mia sorella è già sul seggiolone che gioca con il piatto davanti a sé. Mio padre apre il frigo e tira fuori una bottiglia di vino. Giorgio mi guarda con aria interrogativa e il mio sguardo sembra perso nel vuoto. Devo decidere in fretta, penso, ma non ho idea di cosa fare. Porto i piatti a tavola mentre sento mia madre e Giorgio scambiarsi un paio di battute. Guardo i miei genitori e per una frazione di secondo mi torna in mente quella volta in cui non gli ho detto dell'orecchino al naso e della scenata che mi hanno fatto. Mi sa che non è per niente una bella idea, Giorgio ha ragione.

«Vale, sei con noi?» chiede mio padre. Lo guardo imbarazzata e sorrido.

«Sì, sì, ero solo distratta. Stavo pensando a una cosa.»

«Spero niente di grave, dalla faccia non sembrava bella.»

Rispondo vaga e afferro un pezzo di lasagna.

«Lo sapevate che Giorgio si è iscritto a un corso di cucina?» dico, cambiando argomento.

Si girano verso il mio amico e senza che me ne renda conto da quel momento in poi la cena passa in un baleno. Parliamo di cucina, di teatro, dell'università e finiamo inevitabilmente a parlare di letteratura; come avevo immaginato, a mia madre si spalancano gli occhi quando scopre un appassionato dei classici. Mio padre fa del suo meglio provocandoli, ma Giorgio riesce a tenergli testa senza bisogno d'aiuto. Quando ormai mi sono rilassata e ho deciso di non toccare l'argomento viaggio, ecco che il mio amico non mi lascia via d'uscita e lancia la bomba.

«Hai sentito Svein da quando è tornato in Norvegia?»

Lo fulmino con lo sguardo: la sicurezza di prima è sparita del tutto.

«Chi è questo ragazzo?» chiedono all'unisono i miei.

«Ve ne ho parlato, è quello che ho conosciuto quando siamo andati a trovare Giò a Firenze.»

«Mi ricordo. Non è stato con Sara per qualche tempo?» chiede mia madre.

«Sì, è lui» rispondo concisa, poi guardo Giorgio che mi sorride invitante. Respiro a fondo e alzo le spalle, mettendomi dritta sulla sedia.

«A proposito, con le altre ragazze pensavamo di andare a trovarlo.»

L'attenzione dei miei si concentra su di me.

«In che senso?» dice mio padre.

Mi inumidisco le labbra, ormai è andata, non posso tornare indietro.

«Sarebbe un'idea carina, non pensate?» chiedo timidamente.

«Ma la Norvegia è lontana» continua mio padre.

«Ci sono dei voli diretti molto economici. La scorsa estate ci sono andato con degli amici, è veramente un posto magnifico. Ci tornerei subito» risponde Giorgio per me.

Lo guardo, ringraziandolo in silenzio.

«Andresti anche tu?» chiede mia madre.

«Mi piacerebbe molto, ma non vorrei intromettermi in un viaggio tutto al femminile.»

Adesso vorrei ucciderlo: almeno qui poteva mentire!

«Se ci tieni possiamo organizzarlo insieme per agosto» dice mio padre.

Non oso guardarlo in viso.

Come faccio a dire che non voglio andare con loro ma solo con le mie amiche?

«Preferirei fare un viaggio con Sara, Marta e Giò.»

Guardo Giorgio per capire se sono stata troppo brutale, ma la sua espressione non mi dice niente.

«E Marco?» chiede perplessa mia madre.

«Anche volendo non potrebbe, parte per seguire un corso di vela con Mirko.»

«Mi sembra di capire che non è solo un'idea; avete deciso anche quando?»

«È così impraticabile?» chiedo a bruciapelo.

«No, certo che no. Lo sapevamo che prima o poi una richiesta del genere sarebbe arrivata, solo mi sembra troppo presto. Potreste almeno partire per un luogo più vicino, che bisogno c'è di andare fino in Norvegia?»

«Lì abbiamo un amico da andare a trovare.»

«Non lo so, l'idea di quattro ragazze da sole in giro per l'Europa mi mette ansia, te l'ho già detto» interviene mio padre.

«Ma sono stata a Londra da sola, due anni fa.»

«Eri ospite da una signora.»

Sì, certo, durante la notte, forse; ma il resto del giorno?

«Vi prego» insisto, sentendo che c'è qualche spiraglio.

«Ne riparleremo, vuoi forse annoiare il tuo amico con questo argomento?»

Guardo Giorgio in cerca d'aiuto.

«Mi piace parlare di viaggi, e i norvegesi sono persone simpatiche. E poi, se posso spezzare una lancia in favore di questo viaggio, quale meta migliore per quattro ragazze se non un paese del nord Europa? Sono organizzati, puliti, civili, facilmente raggiungibili e ci si può muovere senza correre pericoli. Inoltre Svein è un ragazzo a posto, un ambientalista, vegetariano, amante della natura e contro tutto quanto inquina, fa male agli animali e al genere umano. Contro le grandi multinazionali e chiunque aiuti a far morire la flora o la fauna. Grande lavoratore e ottimo studente» dice. Poi aggiunge rivolgendosi a me: «Peccato che non gliel'hai fatto conoscere, l'avrebbero trovato adorabile.»

Guardo Giorgio allibita: 'adorabile' mi sembra una parola inappropriata per descrivere il norvegese. Ci siamo dimenticati il suo professare l'amore libero e il concetto di coppia aperta? Forse ha un po' esagerato...

«Non si può dire che il tuo amico non sia dalla tua parte» dice mio padre, divertito dalla veemenza di Giorgio.

Sto per aprire bocca, ma mia madre mi tocca un braccio e mi fa cenno di prendere la frutta e portarla in tavola.

«Che spettacolo fa tuo zio quest'estate?» chiede mia madre, facendo capire che l'argomento è chiuso.

«Una rivisitazione di *Il mercante di Venezia*» risponde prontamente Giorgio.

«Tuo zio deve proprio amare William Shakespeare» intervengo, accettando di buon grado il cambio di soggetto.

«Non dirlo a me, per lui non esiste altro. Ho provato a proporre qualche alternativa, ma non c'è stato niente da fare.»

«Questa cosa non la capisco; e poi si lamentano perché i giovani non vanno a teatro» aggiungo.

«Cosa c'è di male nell'andare a vedere opere di Molière, Pirandello o Goldoni?» chiede mia madre.

«Ha ragione tua figlia, ci sono sempre le stesse cose a teatro» interviene mio padre.

«Non è vero, esiste un filone che produce sempre classici, e poi c'è il teatro contemporaneo, che rappresenta opere di giovani artisti inediti oppure moderni ma conosciuti come Pier Paolo Pasolini, Eduardo De Filippo, Bertolt Brecht. Come si fa a dire che il teatro è solo per vecchi?»

Mi sento punta sul vivo.

«Non ho detto questo, solo che è difficile trovare qualcosa che possa interessare noi giovani.»

Mia madre mi guarda e fa per aprire bocca...

«Solo perché vi siete abituati al cinema. Ormai se non ci sono gli effetti speciali, il tridimensionale, il suono in alta fedeltà non vanno bene. Nel teatro contano solo la storia e la bravura degli attori, è questa la differenza» finisce Giorgio per mia madre, e la conversazione va avanti ancora per un bel pezzo.

Del mio viaggio non c'è più nessuna traccia.

Alla undici passate accompagno il mio amico alla porta.

«Come sono andato?» mi bisbiglia.

«Hai solo esagerato elogiando le qualità di Svein, ma ti perdono.»

«Spero di esserti stato d'aiuto.»

«Almeno hanno preso in considerazione l'idea. Mi aspettavo un no secco.»

«Hai fatto la scelta giusta, ne sono sicuro.»

«Speriamo.»

Mi bacia sulla guancia.

«Sei in debito con me.»

Anche con lui? E mi viene in mente la promessa fatta a Marta.

«Basta che non mi chiedi di trovarti un fidanzato nuovo.»

«Non ci penso per niente; guardando Marco chissà cosa saresti capace di portarmi.»

«Ma come ti permetti! Vorresti dire che è brutto?»

«Non intendevo in quel senso. Lo sai che a me piacciono molto più dannati.»

«Lo so, lo so, per questo ti piaceva Mirko.»

Annuisce e si allontana, poi sembra ricordarsi qualcosa e torna indietro.

«Comunque anche tuo padre non è male.»

«Giorgio!» rispondo inorridita. Lui scoppia a ridere e mi fa l'occhiolino. Ancora costernata chiudo la porta e trovo mia madre appoggiata allo stipite della porta della cucina. Oddio, non mi dire che ha ascoltato la nostra conversazione... ma dal suo viso non trapela niente.

«Mi piace il tuo amico.»

«Sì, è molto simpatico. Non te lo ricordavi?»

«L'avrò visto un paio di volte a teatro, quando andavi al corso, ma poi non c'è stata più occasione di incontrarci. Sembrate molto amici.»

«Ed è così. Ti sembra strano?»

«No, ho solo notato che quando sei con lui sembri più te stessa; quando sei con Marco, per esempio, sei molto più riservata. Si vede proprio che c'è confidenza tra voi.»

«Ero sicura ti sarebbe piaciuto: quando ho scoperto per la prima volta la sua passione per i classici ho pensato a te.»

Mia madre sorride e torna in cucina; la seguo e cominciamo a mettere in ordine.

«A proposito del viaggio...» dico, non resistendo alla tentazione.

«Non ora, Vale, sono proprio stanca. Ne parliamo più avanti.»

Rimango delusa, speravo di poter sapere di che morte morire. Ma la mia curiosità deve attendere, è tardi e la sua faccia stanca mi fa desistere. Quando arrivo a letto e spengo la luce penso di aver preso la decisione giusta, non aveva senso inventare tutta quella storia per partire con le amiche. Dovevo immaginare che avrebbero capito la mia voglia di fare un viaggio da sola. Fremo all'idea che il mio sogno possa diventare realtà: le quattro amiche del cuore che finalmente partono all'avventura tra i fiordi a picco sul mare. Un fremito di eccitazione mi percorre la schiena. Chissà se poi andare a trovare Svein è una buona idea, quello è talmente fuori di testa che rischiamo di trovarci impelagate in qualche folle manifestazione. Speriamo non si faccia strane idee, visto che ci ha invitato ad andare a dormire da lui. Non ho voglia di trovarmi in altre situazioni imbarazzanti, penso mentre mi torna in mente il viaggio a Londra, Miguel e la sua camera da letto.

Adesso sto esagerando, va bene che è fissato con il sesso, ma non al punto di saltare addosso a tutte e quattro durante la notte; e poi Sara dice che non rischiamo niente, lui non chiede, aspetta che siano le donne a buttarsi tra le sue braccia. Che gente strana c'è in giro...

Più vanno avanti i giorni e più sono convinta di aver fatto la scelta giusta. Se mai partiremo non voglio avere la coscienza sporca, sapendo che i miei credono che io sia con Mirko o con Giorgio quando non è vero. Se sono grande abbastanza per fare una vacanza senza genitori, lo sono anche per farla senza dei ragazzi che ci coprono le spalle. A ogni modo la situazione non è ancora cambiata di una virgola, i miei non vi hanno fatto più il minimo accenno e io ho deciso di non mettergli fretta. Nel frattempo sto aiutando Marco a comprare le ultime cose prima della partenza per l'Elba, fissata per questo fine settimana. Non so neanch'io come sto riuscendo a non far trapelare niente del nostro ipotetico viaggio, specialmente perché da quando ne abbiamo parlato non faccio altro che scaricare da internet una montagna di materiale che penso possa esserci utile. E poi ogni secondo mi vengono in mente mille domande: quanto dista Bergen dall'aeroporto, come ci arriviamo, se ci viene a prendere Svein o dobbiamo prendere un pullman, se bisogna prenotare tutto prima oppure no, se è meglio l'ostello o una camera in un alberghetto, se rimarremo tutto il tempo da lui o ci sposteremo, e in caso affermativo, con quali mezzi. E ancora, mi devo portare il piumino o il costume? E se una volta arrivate il posto non ci piace, cosa facciamo? Dovrei portarmi delle scatolette di tonno e dei crackers? Ma solo io sono così paranoica oppure fanno così tutti quelli che partono? La cosa che mi rincuora è che almeno le mie amiche sono come me, magari non proprio così piene di interrogativi, ma essendo la prima volta anche per loro, hanno tanti dubbi. Guardo Marco mentre si prova una giacca a vento e penso che mi dispiace non poter condividere questa nuova esperienza con lui. Ma vediamo il lato positivo. Finalmente noi quattro avremo qualche giorno per ritrovarci insieme dopo tanto tempo. Sarà l'occasione per creare un legame ancora più forte. Indissolubile.

«Ti piace?» mi chiede Marco.

Storco il naso: troppo da vecchio, un capo così se lo comprerebbe mio padre, ma questo pensiero lo tengo per me. Mi alzo dalla sedia che ho occupato nel negozio in cui ci troviamo ormai da un'ora e passo una mano tra i vestiti. Quando scelgo qualcosa devo prima toccarlo e sentire che è adatto a me, anche solo sfiorandolo. Se al tatto il capo risulta troppo rigido, ruvido o pesante, capisco già che non è quello giusto. Un abito, una giacca o qualsiasi cosa sia deve avvolgerti in modo accogliente, non deve contrastare i tuoi movimenti, ma assecondarli. Ciò che indossiamo non dovrebbe essere altro che una nostra seconda pelle, o quello che vogliamo mostrare di noi al mondo. Se usiamo materiali scadenti, tipo la viscosa o il poliestere, il nostro corpo soffrirà per la nostra noncuranza e manderà un chiaro messaggio di noi agli altri, oltre che emanare un cattivo odore. Ho fatto caso che i tessuti sintetici a contatto con la pelle e il sudore emanano una puzza insopportabile, tanto che dopo un'ora sembra che non ci si lavi da mesi.

Affondo la mano tra due giacche e ne sfilo una.

«Perché non provi questa?» gli chiedo, togliendola dalla stampella. È rossa, ultraleggera, con il cappuccio che scompare nel collo e delle chiusure lampo che permettono di far passare l'aria sui lati.

«Non pensi che sia tropppo leggera?»

«Non vai mica al Polo Nord. E poi è in goretex, un materiale che si usa anche in alta quota; leggi, c'è scritto qui sotto» rispondo, indicando un tagliandino all'interno della tasca. Sarebbe l'ideale per il mio viaggio, penso. Mi avvicino e lo guardo dallo specchio.

«È fantastica» rispondo e lo spingo dietro ai sacchi a pelo appesi.

«Ma cosa...»

«Ssh!» gli intimo, baciandolo sulle labbra.

«Vale...» bisbiglia Marco.

Ma invece di rispondergli lo spingo ancora di più dietro alle stampelle.

«Potrebbero vederci» insiste Marco, per niente rilassato.

«Se continui a parlare, ci scoprono sicuramente» ribatto mordicchiandogli un orecchio. Lo sento sospirare e così gli infilo le mani sotto la maglietta. Lui, per tutta risposta, affonda la testa nel mio collo, facendomi rabbrividire di piacere. Mi mordo le labbra per non urlare e chiudo gli occhi concentrandomi sulle mie mani. I suoni intorno diventano ronzii e il nostro microspazio diventa il solo esistente. Gli sfilo la giacca a vento, impaziente di sentire la sua pelle a contatto con la mia. Abbracciati, ci giriamo e vado a finire addosso al muro; il suo peso non mi fa respirare, ma l'unica aria di cui ho bisogno è la sua. Le guance mi vanno a fuoco e sento delle goccioline di sudore scendermi sulla schiena. C'è un caldo insopportabile in questo spazio ristretto, ma non riesco a staccarmi in nessun modo dal suo abbraccio. Le nostre bocche finalmente si incontrano dopo tanto girovagare, e quel contatto, da un lato così familiare, mi sembra sempre come la prima volta. Ci stringiamo ancora di più, come se volessimo fonderci l'uno con l'altra. Mi aggrappo a lui sentendo che le forze mi stanno venendo meno. La testa mi gira e il ronzio di poco prima scompare del tutto. Il sangue mi defluisce velocemente dal corpo e non vedo più niente. Mi lascio andare completamente addosso al corpo di Marco.

«Oddio!» sento esclamare da una voce lontana.

Cos'è? Ci hanno scoperto?

Un'improvvisa luce mi abbaglia, facendomi aprire gli occhi. Mi trovo distesa a terra con Marco che mi sostiene con un braccio; giro la testa e due ragazzi sconosciuti sono vicino a lui e mi osservano come se fossi in vetrina. Ci hanno beccati, bella figura!

«Come ti senti?» mi chiede uno dei due.

Osservo Marco, e il suo sguardo apprensivo mi fa sospettare che mi sia persa qualcosa. Non eravamo dietro ai sacchi a pelo? Mi alzo e mi sistemo i vestiti, che sembrano passati in lavatrice.

«Sto benissimo, grazie» rispondo, non sapendo cos'altro dire.

«Sei sicura di non voler rimanere qualche minuto distesa?»

All'improvviso capisco: sono svenuta. Ecco cos'erano quella sensazione di spossatezza e quel silenzio improvviso, per non parlare del flash che mi ha offuscato la mente. Non posso credere che proprio in un momento così romantico e intenso, proprio mentre ci stavamo baciando, sono stata capace si svenire tra le braccia di Marco. Guardo la sua faccia sconvolta e i capelli arruffati e scoppio a ridere come una matta. Lui mi guarda torvo e poi si rivolge agli altri.

«Grazie, ragazzi, mi sembra che si senta decisamente meglio.»

«Figurati» dice uno dei due, dandogli una pacca sulla spalla.

«Riprendiamo da dove abbiamo interrotto?» dico ridendo.

«Tu sei fuori come un balcone. Mi hai fatto prendere uno spavento micidiale. Prima di rendermi conto che eri svenuta sono passati alcuni secondi, non capivo come mai eri così arrendevole.»

Ricomincio a ridere senza ritegno mentre lui si passa la mano nei capelli e continua a raccontarmi l'accaduto.

«Ero così preso dai baci che... non ho realizzato subito cosa ti stava accadendo. Per giunta quel posto era buio e faceva un caldo da morire. Cavolo, Vale, mi hai fatto morire di paura.»

Ormai non la smetto più di ridere mentre immagino la scena. Marco mi guarda duro, poi non resiste: anche lui si lascia andare alle risate e continuiamo a sghignazzare come due bambini, mentre la gente si gira a guardarci.

«La compri, poi, la giacca?» chiedo, cercando di tornare seria.

«Se ti fa quest'effetto, ne compro anche due!»

Usciamo dal negozio che ormai ci ha preso la ridarella e solo quando arriviamo sotto casa mia riusciamo finalmente a parlare come due persone normali.

«Mi mancherai, in queste due settimane.»

«Lo spero.»

Mi bacia sulle labbra.

«Cosa farai in questi giorni senza di me?»

«Comincerò a pensare al disegno della tela» rispondo sorridendo.

Lui mi guarda perplesso.

«Ti sei già dimenticato? Penelope... Ulisse.»

Mi attira a sé e mi bacia di nuovo.

«Non ti ci vedo proprio a tessere una tela.»

«Neanche io, se è per questo. Vai, adesso, lo sai che non mi piacciono i saluti, mi mettono il magone. Ciao» dico.

Marco attraversa la strada, si gira e mi manda un bacio. Ruoto su me stessa, chiudo il portone e mi ci appoggio contro. Chissà tra quanto lo rivedrò; se va come dico io, non prima di un mese, e chissà come lo ritroverò. Scuoto la testa, penso a quanto è testardo: che bisogno c'era di andare a fare un corso di vela proprio adesso? Sospiro e inizio a salire le scale verso casa. Un leggero sorriso mi increspa le labbra; è ora di girare pagina. Prossima tappa: Norvegia!

7

Sono al mercato con mio padre e Giulia. Questo week-end mia madre è partita dopo aver vinto la scommessa; purtroppo, nonostante l'aiuto mio e di Marta, alla fine papà ha perso. La colpa è stata delle crêpes, pensavamo fosse più facile prepararle, invece c'è voluto più tempo del previsto: quando mia madre è entrata per avvertire che il tempo era scaduto, noi dovevamo ancora infornarle. Abbiamo provato a chiedere clemenza, ma è stata irremovibile: le scommesse sono scommesse. Poi, non soddisfatta della vittoria, ha infierito iniziando a elencare tutti i posti dove le sarebbe piaciuto andare; alla fine la scelta è ricaduta su Praga. Per fortuna mio padre l'ha presa bene, anzi, meglio del previsto, infatti stamattina, non appena mia madre ci ha salutato, è uscito dal bagno fischiettando, e mi ha chiesto di andare a fare la spesa con lui. Così eccomi qui a passeggiare tra melanzane tonde e ciliegie.

«Che ne dici se compriamo delle bistecche per stasera?»

Annuisco e guardo affascinata i vermicelli che escono dal tritacarne. Quando ero piccola mi immaginavo proprio questa scena, in cui io vestivo i panni del macellaio e Marta quelli della cliente. Il colpo secco del coltello sul tagliere mi fa trasalire.

Come poteva piacermi un lavoro del genere? Guardo disgustata quei pezzi di carne morta messi così in bella vista: roba da diventare vegetariani.

«Se invece ci facessimo delle melanzane alla parmigiana?»

«Ti vuoi mettere a cucinare?»

«Allora potremmo ordinare delle pizze da Mario!»

Mio padre mi guarda indeciso.

«Okay, ma le bistecche le compro in ogni caso, al massimo le mangiamo domani.»

«Va bene. Ti aspetto più avanti» rispondo, indicando una bancarella di abiti usati. Mi metto a rovistare tra i vestiti e trovo una gonna jeans niente male e un costume rosa.

«Vale.»

Mi giro e fisso il ragazzo di fronte a me senza riconoscerlo, poi spalanco gli occhi: Giorgio.

«Cosa ci fai qui a quest'ora? Non ti avevo neanche riconosciuto.»

Lui si avvicina e mi abbraccia con trasporto; puzza di sudore e fumo e indossa dei pantaloni neri lucidi con una maglia aderente.

«Ehi, non ti si può stare vicino, cos'hai combinato? E ti sei guardato allo specchio prima di uscire?»

Lui fa una smorfia teatrale e si allontana.

«Cos'ha il mio look che non va?»

Sto per rispondere ma cambio idea, non è in condizioni di sostenere una conversazione.

«Vengo da una festa, ma prima di tornare a casa io e il mio amico avevamo voglia di un caffè.»

Guardo le occhiaie e i suoi capelli appiccicati alla fronte. Prendo il cellulare e gli faccio una foto.

«Che fai?»

«Immortalo questo momento, così quando cercherai di ricattarmi ti mostrerò questa foto.»

«Non ho la forza di reagire; ho bisogno di riposare.

Ciao, dolcezza» dice e senza aspettare risposta avanza come in trance verso un altro soggetto appoggiato a un lampione; per fortuna mio padre non l'ha riconosciuto, altrimenti addio immagine del bravo ragazzo. Guardo quello che dovrebbe essere il mio migliore amico e scuoto la testa perplessa. Che miscuglio di contraddizioni è la gente, o meglio, quante personalità diverse si celano dietro a una persona. Poso il costume da bagno e acquisto solo la gonna. Mio padre mi raggiunge proprio in quel momento e insieme finiamo il giro delle compere; quando torniamo a casa è già ora di pranzo.

A cena riesco finalmente ad affrontare il tanto spinoso argomento del viaggio: dopo aver aspettato l'intera settimana decido di non voler più attendere oltre. Approfitto dell'aria rilassata, del fatto che sono da sola con mio padre e che Giulia si è addormentata quasi subito. Siamo sul terrazzo e lui si sta gustando uno dei suoi amati sigari, cosa che si concede raramente. Vorrei dirgli che il fumo mi continua ad arrivare addosso, nonostante mi sia spostata ben quattro volte, ma a quanto pare il vento segue i miei movimenti; così, rassegnata, inalo quell'acre odore di tabacco.

«Quando pensate di sciogliere le riserve?» chiedo, distendendo le gambe sulla sedia di fronte a me.

«A cosa ti riferisci?»

«Te ne sei già dimenticato? Al viaggio in Norvegia.»

Mio padre ispira profondamente dal sigaro e la brace si accende di un colore rosso fuoco.

«Non vogliamo aspettare tua madre, per parlarne tutti insieme?»

«Potresti anticiparmi qualcosa.»

«Cosa pensano le tue amiche?»

«Che sarebbe un'occasione fantastica per stare insieme, un regalo in onore della nostra amicizia.»

«Siete proprio legate, vero?»

«Più di quanto immagini.»

«E con Sara?»

«Ci siamo chiarite.»

«Non ti dispiace che si sia messa con Mirko?»

«Me l'hai già chiesto» rispondo.

«E tu cosa mi hai risposto?»

«Che adesso sto con un altro.»

Lui annuisce e aspira ancora.

«Papà, lo so che hai un debole per Mirko, ma non ci puoi fare niente se tua figlia si è messa di nuovo con Marco.»

«Figurati. Io sono contento se tu sei felice.»

Attendo in silenzio, ma lui sembra essersi dimenticato l'argomento principale; lo riporto sul seminato.

«Allora, per questo viaggio, fumata bianca o nera?»

«In tutta sincerità non abbiamo ancora deciso. Da un lato capiamo perfettamente la tua richiesta, anche noi alla tua età avevamo le stesse voglie, ma dall'altro pensiamo che dovresti aspettare ancora.»

«Quando fate così non vi sopporto. Non vogliamo mica andare in giro per il mondo a fare l'autostop, né dormire sotto i ponti. Non capisco cosa ci sia di così pericoloso nel partire qualche giorno con le mie amiche. Perché quando siamo andati a Firenze da Giò avete accettato?»

«Dormivate a casa sua.»

«E qui sarebbe la stessa cosa, l'unica differenza è che non conoscete i genitori di Svein.»

«Ho capito, ma perché non organizzate un weekend qui vicino? Sarebbe tutto più semplice.»

«Perché?»

«Se vi dovesse succedere qualcosa, potremmo essere da voi in poco tempo.»

«Oddio, possibile che pensi sempre al peggio? Le cose non possono anche andare bene?»

«Scusami, si leggono tante notizie brutte sui giornali che ogni volta che sei fuori casa ho paura di tutto quello che potrebbe succederti.»

«Siamo tutte e quattro ragazze tranquille.»

«Lo so, ma so anche che alla vostra età si cambia idea facilmente o ci si lascia trascinare in situazioni azzardate di cui poi potreste pentirvi.»

«Ti prego, papà. Ti prometto che non vi farò stare in pensiero, vi chiamerò tutti i giorni e se volete chiederò anche a Svein di farvi parlare con i suoi genitori, se questo può tranquillizzarvi.»

«Sarebbe già qualcosa.»

Ma io l'ho detto tanto per dire! E chi ha il coraggio di andare a chiedere al norvegese una cosa simile?

«Ascolta, Vale, facciamo così: ne parlo meglio con tua madre e vediamo cosa possiamo fare. Lo so che ci tieni tanto e farò il possibile perché questo viaggio possa realizzarsi. Anzi, ho un'idea: se le cose si mettono male con tua madre ti prometto che vi accompagno io, rimango qualche giorno e me ne torno indietro, in modo da fare stare tutti più tranquilli. In fondo mi devo rifare del viaggio perduto, no?»

Mi sorride complice, e io ricambio. Rimaniamo in silenzio a guardare le stelle, finché l'ultima parte del sigaro non si spegne tra le labbra di mio padre.

Il giorno dopo faccio un giro di telefonate per sentire l'umore delle altre e il quadro che ne viene fuori è questo: a parte Sara che non ha trovato nessuna difficoltà, come ci aveva già detto, Marta sta ancora cercando di convincere i suoi, e Giò è quella con maggiori problemi; il padre non ha alcuna intenzione di farla partire da sola, e quando le espongo l'idea di mio papà si rianima subito.

«Sarebbe una svolta.»

«Ma così perde parte del fascino.»

«Non è vero per niente. Tuo padre è un signore simpatico, neanche troppo invadente; e poi, scusa, ha detto lui stesso che rimarrebbe solo per qualche giorno, no?»

«Sì, per assicurarsi che sia tutto sotto controllo e conoscere i genitori di Svein.»

«Per me è la soluzione ideale, così mio padre si tranquillizza, e sono sicura che anche i genitori di Marta apprezzerebbero. Finalmente faremo il nostro primo viaggio insieme. Dobbiamo restare almeno due settimane.»

«Ovvio. L'unica cosa importante è sapere di quanti soldi abbiamo bisogno. Qualcosa da parte dovrei avere.»

«Io invece dovrò chiederli a mio padre, che non è mai molto generoso.»

«Non ti preoccupare, faremo un'unica cassa e divideremo quello che abbiamo. Il costo maggiore sarà l'aereo e il dormire. Cos'altro ci serve?»

Non spenderemo molto per mangiare e neanche per muoverci, ho letto che Bergen è piccola e si può girare a piedi.

«Giò, non hai idea di quanto sono contenta che passeremo qualche giorno insieme, mi mancano proprio le nostre confidenze, e poi l'ultima volta che ci siamo viste è stato un secolo fa. Chissà quanto sei cambiata.»

«Parli come se non ci mandassimo mai le foto tramite Facebook.»

È vero, ci siamo create un vero e proprio archivio fotografico che aggiorniamo costantemente e di questo sono molto contenta, almeno guardando le foto, le distanze sembrano minori.

«Cosa dice il tuo nuovo fidanzato della partenza?»

«Gli dispiace di non potermi vedere, ma è contento per me. Ti ho detto che la sera lavora in un pub?»

«No, come mai?»

«Vuole mettere da parte i soldi per comprarsi il motorino.»

«Ma a cosa gli serve? A me Firenze è sembrata una città che si può girare a piedi.»

«Direi di sì, ma lui lo vuole per quando torna la sera tardi. Mio padre, che l'ha conosciuto, dice che è un tipo strano.»

«In che senso?»

«Be', se lo vedessi non crederesti che è il tipo giusto per me. Ha quattro piercing alle orecchie e le braccia piene di tatuaggi. Adesso ha deciso di volersene fare anche uno sulla schiena.»

«Questo non me l'avevi detto. E non ti fa senso così ricoperto di disegni?»

Al contrario, la fa impazzire. La prima volta che l'ha incontrato sotto casa, è sceso dalla moto di un suo amico e si è tolto il casco e la giacca a vento. Mentre faceva quei semplici gesti, il suo sguardo è rimasto catturato dal disegno sul suo braccio; e ha sentito l'impulso di andargli vicino e passare la mano sulla sua pelle. La cosa pazzesca è stata che lui ha intercettato il suo sguardo facendola arrossire imbarazzata, stavo per fuggire via, ma poi ha scoperto che abitava nel suo stesso palazzo.

«Non sapevo avessi una passione per i tatuaggi.»

«Se è per questo neanch'io, l'ho scoperto con lui. Mi fa da afrodisiaco.»

«Questa cosa è rischiosa, se lo scopre sei spacciata.»

«L'ha già capito, ed è per questo che ha deciso di farsene altri.»

Scoppio a ridere.

«Non mi dire che...»

«Invece te lo dico.»

«Aah,» urlo «non ci posso credere, e me lo dici così?»

«Dovevo mettere i cartelli?»

«Certo che no, ma una telefonatina per raccontami qualche particolare la potevi pure fare!»

«Te lo sto dicendo adesso!»

«Va bene, tanto non ho fretta, prima o poi mi racconterai ogni cosa.»

Lei ride di nuovo, ma non parla.

«Giò, sei incredibile. Hai fatto soffrire quel poveraccio del tuo ex e ora è bastato un tatuaggio per farti capitolare!» continuo.

«Mi dispiace per Filippo, ma ho capito solo ora che non andava bene per me.»

E pensare che lui non si è ancora ripreso dalla fine della loro storia.

Saluto la mia amica che è già l'ora di pranzo; aiuto mio padre a cucinare, e dopo aver messo mia sorella a letto, esco per andare a casa di Marta.

La trovo distesa sul letto con le gambe appoggiate al muro e la massaggiatrice che armeggia sul suo collo; appena mi vede entrare mi saluta come se si ricordasse perfettamente chi sono. Io le sorrido di rimando. Le sue mani si muovono lentamente con tocchi leggeri ma energici. Scivola sulle spalle scoperte e poi risale di nuovo verso la nuca. Come se mi avesse letto nel pensiero, Teresa mi sorride.

«Serve a rilassare e a infondere energia positiva.»

Annuisco con aria seria.

«Marta ha bisogno di lasciarsi andare, i suoi nervi e i muscoli sono tesi e contratti. Questo massaggio deve aiutarla a farla sentire meno ansiosa.»

Perché, lo è mai stata?

Mi siedo sul tavolo e aspetto pazientemente che la ragazza finisca, affascinata dalle sue mani che adesso si muovono veloci sul collo. Sembrano le zampette di un ragno che cammina avanti e indietro su una superficie bianca. Mi aspetto da un momento all'altro che la punga, trasformando Marta in un orrendo lombrico. Bleah, che schifo! Distolgo l'attenzione e guardo fuori dalla finestra.

«Ho sentito Marco, ieri sera. Dice che il posto è carino, e anche la gente del corso; per il momento hanno cominciato solo la teoria, ma l'insegnante gli ha promesso che tra un paio di giorni li porterà in mare» dico, continuando a guardare fuori.

«Sei riuscita a tenere il segreto?»

«Un paio di volte stavo per tradirmi, ma ho recuperato sul finale.»

«Quando scoprirà che sei partita per la Norvegia gli prenderà un colpo. Vorrei essere una mosca per vedere la sua reazione quando i miei glielo diranno.»

Ridacchio immaginando la scena: lui che torna abbronzato, dopo due settimane di mare, arriva a casa, saluta e chiede dov'è Marta, e i genitori gli rispondono come se niente fosse che è partita con le amiche per la Norvegia. Mmh, che soddisfazione!

«Non c'è il rischio che possano dirglielo prima?»

«Devi sapere che le telefonate con i miei durano poco, non sono persone particolarmente loquaci. Loro ti chiedono come stai, come vanno le cose, se il tempo è bello e se hai mangiato. Finite queste domande, la conversazione languisce nel giro di pochi minuti. Non sono persone curiose.»

Penso alle lunghe chiacchierate che faccio con i miei e mi assale la tristezza nel sentire che possano esistere rapporti tra genitori e figli così superficiali. Quando sento certi discorsi, capisco di essere stata molto fortunata a nascere in una famiglia come la mia.

«Cosa te ne importa se lo viene a sapere prima del suo ritorno? A quel punto sarai già partita.»

Annuisco.

«Qualche novità con il CD? Il vostro agente ha trovato qualche casa discografica interessata?»

Marta, che nel frattempo ha finito il massaggio, mi guarda e fa una smorfia molto esplicita.

«Per un momento ci ho sperato. Credevo veramente che sarebbe potuto accadere qualcosa di buono. Insomma, un professionista che lavora nel settore ci cerca dicendoci che possiamo avere buone possibilità di trovare qualcuno disposto a investire su di noi perché siamo bravi; tu non ci avresti creduto? Ci ha perfino fatto registrare un CD.»

«Non so cosa dire, forse devi solo avere pazienza, magari a settembre le cose cambieranno.»

«Lo sai che non sono una persona paziente. Avevo proprio bisogno di qualcosa di nuovo, di positivo. Gli ultimi tempi non sono stati granché, dopo la fine della storia con Giacomo la mia vita è diventata solo un susseguirsi di fatti negativi.»

«Non esagerare, adesso. Devi solo lasciarti tutto alle spalle e ricominciare a guardarti intorno: non hai voglia di avere qualche nuova storia?»

«Sei convinta che se avessi un nuovo ragazzo le cose cambierebbero?»

Ne sono più che certa. Deve sentirsi di nuovo viva e innamorata, non capisco proprio perché fa tutte queste resistenze. È una ragazza carina, simpatica, potrebbe avere tutti i ragazzi che vuole e invece sembra persa dietro mille cose inutili.

«Ti riferisci a qualcosa in particolare?»

Aspetto che Teresa metta a posto le sue cose e ci saluti per andare a sedermi sul letto con Marta.

«Cos'è questa fissazione per i massaggi? Non hai mica cinquant'anni, quelle sono cose che fanno le nostre madri o le donne annoiate che non hanno altro a cui pensare.»

La mia amica alza le spalle.

«Male non può farmi.»

«No, ma non capisco la smania di farne così tanti. Usa quei soldi per fare altro: un corso, un viaggio, al massimo un vestito. Che fine ha fatto la tua voglia di divertirti, di stare in mezzo agli altri? Non hai più voglia di fare niente, ogni volta che ti propongo qualcosa mi dici che sei stanca, che hai le prove con il gruppo, che devi accompagnare tua madre o tuo padre. Cosa ti sta capitando?»

Non si diverte più come prima, è diventata insofferente verso gli altri, la gente le sembra più noiosa e poco interessante.

L'unico aspetto positivo, dopo che Giacomo l'ha lasciata, è che sono diventata più selettiva. Non ha più voglia di frequentare chiunque, ha imparato a stare da sola e ha scoperto che non ci sta neanche male. E poi, cantare l'aiuta parecchio.

«Non può bastarti.»

«Non ho detto che ho deciso di vivere così per sempre. Magari domani incontrerò qualcuno che mi farà perdere la testa di nuovo e allora mi butterò in una nuova avventura, ma non ho fretta. Ho ancora tutta la vita davanti, no?»

«Certo.»

«Lo so che sei preoccupata per me, ma non devi: non sto male, anzi, sono molto contenta.»

Mi guarda sorridendo.

«E poi ho te.»

La guardo seria.

«Puoi scommetterci, lo sai che mi farei in quattro per te. Ti voglio bene come a nessun altro al mondo.»

Lei mi osserva e mi poggia un dito sulle labbra.

«Più di Marco?»

«Direi in modo diverso; però vi contendete il podio.»

«Allora non ho niente da temere, sei il mio angelo custode.»

«E tu il mio.»

«Ovvio.»

Mi alzo dal letto più rilassata: avevo bisogno di un chiarimento con lei, sono giorni che mi sto arrovellando pensando a come aiutare la mia amica, e sapere che tutto sommato (anche se non sono proprio convinta al cento percento del suo discorso), le cose non sono messe poi così male mi fa sentire meglio.

«Hai pensato a cosa ti porti per il viaggio?»

«Sei sempre convinta di partire?» chiede, di rimando.

«Perché, tu no? Non pensi di riuscirci?»

Marta scuote la testa.

«Se veramente ce la faremo sarà un evento epocale. Mettere d'accordo tutti non è facile.»

«È vero, ma la soluzione di mio padre può essere la svolta decisiva.»

«Ci ho riflettuto e penso che tu abbia ragione. Ma prima di cantare vittoria sentiamo le nostre madri, che in genere sono lo zoccolo duro. Mi è venuta una fame pazzesca. Rimani a dormire da me, stasera?»

«Non posso, mia madre è ancora fuori, torna domani.»

Annuisce comprensiva, e insieme ci avviamo alla ricerca di cibo.

8

«Sììììììì» urliamo saltando tutte e quattro insieme. Non riusciamo a contenere l'euforia per quanto siamo contente. Continuiamo ad abbracciarci come se avessimo appena vinto una gara. Ebbene sì, ce l'abbiamo fatta, stiamo partendo; alla fine siamo veramente riuscite e mettere d'accordo tutti quanti e la nostra guida, mio padre, sembra contenta quanto noi. I nostri occhi continuano a incontrarsi, e non riusciamo a rimanere serie. Da quando abbiamo messo piede dentro l'aereo il nostro umore è andato addirittura alle stelle, e ora non riusciamo proprio a calmarci. Mio padre ha provato a farci stare in silenzio, ma senza risultato. Le nostre voci si sentono per tutto l'aereo e ogni tanto incrociamo gli sguardi infastiditi di qualche viaggiatore. Ma noi non ci facciamo caso e continuiamo con i nostri gridolini e le risa soffocate. L'eccitazione è talmente elevata che non riusciamo a finire un discorso senza averne già cominciato un altro. Solo quando l'aereo decolla riusciamo per pochi minuti a rimanere sedute in maniera composta, poi eccoci di nuovo a urlare, ridere e parlare come se non ci vedessimo da secoli. Mio padre prova di nuovo a rimproverarci senza sortire nessun effetto. Siamo incontenibili, come un fiume in piena, ma che dico, come un uragano che non si cura di niente e di nessuno. Alla fine, dopo varie insistenze, lui getta la spugna e si concentra sulle sue guide, spostandosi addirittura di posto; a quel punto, l'aereo diventa nostro territorio incontrastato. Un paio di ragazzi ci guardano divertiti per la nostra euforia e noi, sentendoci molto ma molto audaci, ricambiamo ammiccanti. Voglio divertirmi, sì voglio che questi giorni siano indimenticabili, una di quelle cose che ricorderò per tutta la vita. Sarà per sempre 'Il mitico viaggio delle quattro inseparabili amiche'. Sembra il titolo di un film!

«Hai portato la macchina fotografica?» chiede Marta rivolta a Sara.

«Se è per questo ho anche la videocamera.»

Mitica!

«E il costume da bagno l'avete preso?» chiede Giò.

«Ovvio» rispondiamo in coro tutte e tre.

«Pensavo non servisse, a chi mai verrebbe in mente di andare a fare il bagno nel mare del Nord anche se è luglio?» fa lei.

«Non ti preoccupare, te ne presto uno dei miei» risponde Marta.

«E io l'asciugamano» aggiunge Sara.

«Quello l'ho preso, grazie.»

«Con te non si sa mai. Ti dimentichi sempre tutto» dico.

«Non è vero.»

«Scommettiamo che hai scordato qualcos'altro?»

«D'accordo.»

«Se perdi, quando arrivi baci Svein sulla bocca.»

«Marta, solo tu potevi dire una cosa del genere. Accetto, tanto so di non perdere. E se invece perdete voi mi portate lo zaino sia all'andata che al ritorno.»

Accettiamo con un coro di sì.

«Il phon.»

«Sì.»

«L'iPod.»
«Che domande.»
«Un libro da leggere.»
«Due, se è per questo.»
«L'ombrello.»
Tutte e tre ci giriamo verso Sara, e lei ci guarda imbarazzata.
«Io lo porto sempre, non si sa mai.»
«Lo spazzolino da denti.»
Lo sguardo di Giò è eloquente.
«È inutile che insistete, avete perso.»
«Le infradito per la doccia.»
La nostra amica apre la bocca e poi la richiude di colpo.
«Non sono importanti. Non servono.»
«E come vai in bagno a fare la doccia?» chiedo.
«Non le porto neanche a casa.»
«Bugia, le ho viste quando siamo venute da te. Ne hai un paio rosa con sopra una coccinella, me le ricordo bene perché mi sono chiesta dove le avevi prese, erano così carine» finisce Marta, con aria candida.
«Siete delle vipere, ecco cosa siete.»
«Dài, Giò, lo sapevi che non dovevi scommettere; sei famosa per dimenticare sempre qualcosa. Non ti ricordi che anche a scuola capitava spesso di doverti prestare il libro?» rincara la dose Sara.
Lei mugugna qualcosa e per un po' non ci rivolge la parola, ma appena dico alle altre di avvicinarsi all'oblò, eccola di nuovo tra noi, come se niente fosse.

Uscendo dall'aereo mio padre si accoda agli altri passeggeri e infila la guida nello zaino. Gli sorrido: da quando è stata decisa la data non ha fatto altro che parlare del viaggio come se dovessimo rimanere per un paio di mesi, e la sera prima è rimasto alzato fino a tardi per preparare le ultime cose. Io, invece, non ho chiuso occhio tutta la notte; mi sono girata e rigirata nel letto talmente tante volte che alla fine mi sono alzata che erano appena le cinque del mattino. Ho controllato un'ultima volta lo zaino, ho preparato la colazione, e quando è entrata mia madre in cucina ero già pronta per uscire. Come se dovessi partire alle otto del mattino! Contro ogni aspettativa, non ha fatto storie quando mio padre si è offerto di accompagnarci: forse perché è appena tornata da un viaggio fatto tutta da sola, o magari è solo contenta per me. A ogni modo ha partecipato ai preparativi come se dovesse venire anche lei, aiutandoci perfino a ultimare gli acquisti prima della fatidica data. Peccato che possiamo rimanere solo dieci giorni e non due settimane, come avremmo voluto; che poi, tolti i quattro giorni in cui ci sarà mio padre, ne rimangono solo sei per quella che noi consideriamo la 'vera' vacanza, ma va bene così. Per un momento abbiamo temuto che il viaggio potesse saltare, perché i genitori di Svein non vivono più a Bergen, per cui l'idea di mio padre di venire a conoscerli non era più fattibile. Alla fine, per fortuna, mio padre vi ha rinunciato e le cose si sono sistemate. Così ci siamo potute concentrare sui preparativi.

«Il tempo è volato. Non mi sembra neanche di aver fatto uno scalo» dico a mio padre mentre scendiamo la scaletta.

«Non vi sareste accorte neanche se l'aereo fosse tornato indietro.»

Rido e andiamo a recuperare i bagagli. Mentre usciamo, Marta prende Giò sottobraccio e le dice qualcosa all'orecchio. Le raggiungo di corsa.

«Non lo bacio, ho detto. La scommessa non vale.»

«E dài, è pure carino.»

«Non mi interessa.»

«Giusto, adesso ha Fabio» diciamo in coro.

Usciti finalmente fuori, un'aria fredda ci assale; Sara ci raggiunge con mio padre e tutti e cinque ci guardiamo intorno alla ricerca del nostro amico. Nonostante siano le undici e mezza di sera, c'è parecchio via vai, anche se l'aeroporto è piccolo. Vedo molti pullman che aspettano l'arrivo delle persone dirette agli alberghi. Le osservo curiosa e mi rendo conto che quello che si dice dei norvegesi è la pura verità: sono talmente attraenti che sembra di girare tra un set di modelli.

«Per fortuna Marco e Mirko non sono venuti, altrimenti ce li saremmo giocati in pochi minuti» dice Sara, osservando una ragazza magra con dei bellissimi capelli biondo chiaro.

«Marta, te l'avevo detto che questo è il tuo paese d'origine, qui sei l'unica che non stona» aggiungo.

«Non lo sapete, ragazze, che in posti come questi le diversità si notano come un puntino nero in un oceano bianco?» si intromette mio padre, ridendo delle nostre facce stupite.

Proprio in quel momento sentiamo urlare i nostri nomi e vediamo un furgoncino verde prato avvicinarsi velocemente al marciapiede. Guardo stupefatta quel pezzo d'antiquariato e scoppiamo tutti a ridere: dovevamo immaginare che Svein andasse in giro con un mezzo del genere!

Lui inchioda e salta fuori dal macinino a braccia aperte. Tutte e tre ci giriamo verso Giò e senza darle il tempo di opporsi la spingiamo verso Svein, che se la vede arrivare addosso. La nostra amica scompare tra le sue braccia e ci rimane finché non accorriamo in suo soccorso. Lui è sempre lo stesso, solo con i capelli più lunghi; indossa dei jeans consumati e una maglietta blu, anche quella parecchio usata. E nonostante il suo aspetto trasandato è sempre un bel ragazzo. I suoi occhi ci osservano con aria glaciale, ma il sorriso tradisce il piacere di averci lì. Ridiamo felici mentre ci scambiamo abbracci e baci affettuosi: chi l'avrebbe mai detto che ci saremmo incontrati di nuovo?

«Eccovi, finalmente, sono proprio contento che alla fine siate riuscite a venire. Fatevi guardare, quanto tempo è passato? Mi sembrano secoli! Sara, ti trovo benissimo. Ho saputo che hai un nuovo fidanzato» dice facendole l'occhiolino. Poi continua, girandosi verso di me: «E questo deve essere tuo padre. Piacere, Svein. Benvenuto in Norvegia.»

I due si stringono la mano e poi saliamo tutti quanti sul furgoncino. Gli interni sono ancora più spartani di quello che immaginavo: sedili in finta pelle con le molle sotto che scricchiolano non appena ci sediamo. Delle aste di ferro servono come poggiatesta, e attaccati al cruscotto si vedono gli adesivi di diversi paesi, oltre al simbolo della pace. Completano il quadro un uccello a molla che scende dallo specchietto retrovisore e un piccolo stereo portatile, risalente alla prima guerra mondiale.

«Cos'è questa musica, un CD?»

«No, una vecchia cassetta.»

«Che roba è?»

Mio padre scoppia a ridere e guarda fuori dal finestrino.

«Ho comprato la radio in una bancarella, e quando l'ho portata a casa ho scoperto che conteneva questa cassetta, così ho deciso di conservarla. Non sono ancora riuscito a scoprire da dove proviene la musica; pensavo fosse qualcosa che ascoltavano i nostri genitori, ma quando l'ho fatta sentire ai miei non l'hanno riconosciuta neanche loro.»

Guardo le strade passarmi davanti e rimango incantata da quel poco che riesco a vedere. Sembra di essere capitata in un villaggio finto, con le case di legno colorate, i canali, le barche, le montagne da un lato e il mare dall'altro.

«Cosa volete fare? Avete fame, sete? Volete farvi una doccia oppure preferite un giro per la città?»

«Non saprei, tu cosa dici, papà?»

«Io sono stanco, preferirei andare a dormire, se non vi dispiace.»

Noi quattro ci guardiamo: nessuna ha sonno e poi non sembra neanche tardi, c'è ancora luce!

L'avevo letto che il sole da queste parti non tramonta quasi mai, ma vederlo con i miei occhi è tutta un'altra cosa.

Vorremmo protestare, ma ci siamo ripromesse di fare le brave fino alla partenza di mio padre, così accettiamo di buon grado di andare in albergo, e dopo venti minuti siamo già sotto le lenzuola. Il posto è carino e pulito, abbiamo preso una camera per mio padre e un'altra per noi quattro. Io e Giò dormiamo in un letto a castello e Marta e Sara in quello matrimoniale. «Ragazze, non vi sembra incredibile che siamo veramente tutte e quattro in vacanza insieme? A me sembra un sogno, mi aspetto che da un momento all'altro qualcuno mi svegli» dice Giò, tornando dal bagno.

«A chi lo dici. Avete visto con che macchina va in giro Svein? Pensavo che da un momento all'altro ci avrebbe lasciate per strada» rispondo.

«Chissà cosa avrà pensato tuo padre» aggiunge Sara, sistemandosi la camicia da notte.

«Non mi è sembrato particolarmente sconvolto, anzi, sembrava divertito, per me l'ha trovato simpatico.»

«Non lo ricordavo così carino» continua Giò.

«Allora non ti è dispiaciuto il suo bacio.»

Lei arrossisce.

«Ho fatto solo finta, stupide! Non ci starei mai con un ragazzo così.»

«Neanche per una notte?» chiedo.

«No.»

«Io sì.»

Tutte e tre ci giriamo verso Marta.

«Ci stai forse dicendo che vuoi farci un pensierino?» chiede Giò, sorpresa quanto noi.

«Dicevo così per dire, mi sa che a letto non deve essere niente male. Tu che ne dici, Sara?»

«Molto meglio Mirko, se devo essere sincera. Non pensi, Vale?»

Arrossisco imbarazzata.

«Io... ecco, non saprei, non sono stata con Svein, per cui non posso fare il confronto. E poi lo sapete che non mi piace parlare di certi argomenti. Però devo ammetterlo, Mirko non è affatto male in quel senso.»

«Meglio di Marco?» azzarda Giò.

«Adesso state esagerando.»

Le ragazze ridono divertite e cercano di punzecchiarmi ancora un po', ma io sono irremovibile.

«Va bene, dormiamo, domani inizia ufficialmente la vacanza!» sentenzia Marta.

«Urrà!» gridiamo in coro e spegniamo la luce.

La mattina dopo Svein viene a prenderci alle otto e iniziamo la giornata facendo un giro al mercato del pesce. Appena arriviamo sul posto mi sembra un mercato come gli altri, con tante bancarelle di pescatori, frutta e verdura. Ma dopo poco mi rendo conto della sua particolarità: è possibile assaggiare direttamente sul posto il pesce appena pescato. Infatti vicino a ogni tendone ci sono dei tavolini e delle sedie dove ci si può accomodare mentre si degusta qualche stuzzichino a base di granchio, baccalà, molluschi o crostacei; oppure si può prendere un bel panino ai gamberetti o addirittura provare qualche rarità come la carne di balena.

Rifiutiamo vigorosamente tutte le offerte, anche se i piatti sembrano invitanti: nessuna di noi si sente in vena di mangiare pesce alle dieci di mattina.

Continuiamo a girare per i banchi e mio padre si ferma a parlare con un ragazzo che scopriamo essere italiano: studia a Oslo e d'estate viene qui per guardagnare qualche soldo, gli piace l'atmosfera rilassata che si respira in questa città e anche la cordialità dei locali. Ci conferma che molta gente viene dall'estero per lavorare qui durante i mesi estivi, anche perché gli orari sono flessibili e si trova sempre qualcosa da fare.

Ci lasciamo alle spalle il mercato e ci inoltriamo tra le vie del famoso quartiere di Bryggen, il più antico di Bergen. Guardando la serie di casette colorate che si affacciano sul porto di Vagan e mi sembra di essere entrata in una cartolina. Il quartiere risale ai tempi della Lega Anseatica e le costruzioni in legno non erano altro che dei magazzini di origine medievale, ricostruiti in parte agli inizi del Settecento, a causa di un incendio devastante. Adesso invece questi locali sono stati completamente ristrutturati e trasformati in bar, ristoranti o negozi di souvenir.

Da quando siamo arrivate non smettiamo di fare foto a tutto quanto; sarà che le piccole viuzze e le case di legno colorato sembrano invitarti a farlo, o forse è la voglia di immortalare questi momenti. Chiedo a mio padre di scattarne una a noi quattro tutte insieme. Ci appoggiamo a un muro arancione e proprio prima di scattare ci abbracciamo sorridendo alla macchina fotografica.

«Questa la voglio anch'io» dice Marta.

«Anche noi» si accodano le altre.

Svein per tutto il tempo rimane in disparte a parlare con mio padre, che lo tormenta con domande e curiosità sul luogo. Ogni tanto vediamo il suo viso distratto, un paio di volte incrocio il suo sguardo e a me viene da ridere.

Verso pranzo decidiamo di fare una pausa in uno dei tanti bar che ci sono lungo la sponda, anche perché il tempo è mutato velocemente, e adesso si è messo pure a piovere.

«Ho saputo che c'è stato uno scambio tra te e Sara» mi dice Svein mentre siamo in coda alla cassa.

«A cosa ti riferisci?»

«Mirko.»

«Come lo sai?»

«Ti sei dimenticata che io e Giorgio continuiamo a sentirci?»

Annuisco, e lui, per niente intimorito dal mio silenzio, aggiunge: «Sei tornata con il tuo vecchio amore, che mi pare di non conoscere.»

Annuisco ancora.

«E tu, invece, cosa fai? Sempre alla ricerca di qualche nuova avventura?»

«È così che mi vedi?»

«Sbaglio?» chiedo sarcastica.

«Ho saputo che l'idea di venirmi a trovare è stata tua.»

Giorgio... uno di questi giorni lo ammazzo!

«Avevo voglia di fare un viaggio con le amiche e quella volta in treno, quando hai elogiato la tua città, mi hai fatto venire la curiosità di venirla a visitare.»

Mi giro a guardare gli altri e li trovo seduti a un tavolo che parlano e ridono tranquillamente. Perché mai mi sono proposta di ordinare per tutti? Mio padre intercetta il mio sguardo e io sorrido affettuosamente.

«Gli somigli.»

«Veramente?»

«Sì, hai la stessa forma delle labbra, e anche gli occhi sono uguali.»

«Sei la prima persona che me lo dice.»

«Che programmi avete dopo la sua partenza?» chiede, riferendosi a mio padre.

«Veramente non ne ho idea. Volevamo fare un giro anche fuori Bergen, tu cosa consigli?»

«C'è un'escursione di un paio di giorni che si può fare con le bici; pensi che ce la potreste fare?»

«È difficile? Tipo mountain bike?»

«Qualcosa del genere, ma il percorso è facile.»

«Nessuna l'ha mai fatto, però si può tentare. Sentiamo cosa ne pensano le altre, anzi no, meglio se gliene parlo stasera in camera.»

«Come vuoi» e sento il suo sguardo su di me.

«Svein, smettila di fissarmi. Non farti venire in mente strane idee.»

«Peccato, ti trovo meglio dell'ultima volta, forse sono i capelli più corti o magari...» mi squadra da capo a piedi «palestra?»

«Tu invece non sei cambiato affatto!»

Per ora il pericolo è passato.

Afferro i panini dal bancone e torno verso gli altri.

Il resto della giornata passa velocemente. Dopo aver salutato il nostro amico che doveva partire per un paio di giorni, continuiamo il nostro giro turistico e ci fermiamo al museo di Bryggen. Osserviamo la ricostruzione del quartiere durante il periodo medievale, dove vengono descritti la vita quotidiana, il commercio e le attività artigianali. Vorremmo proseguire con un'altra camminata, ma la pioggia insistente e il vento ci costringono a rifugiarci in un altro museo, e quando usciamo siamo tutti sfiniti; i piedi cominciano ad accusare anche la stanchezza del viaggio.

«È strano andare a dormire quando è ancora giorno.»

«È vero, ma a me piace la luce crepuscolare, crea un'atmosfera quasi magica che rende tutto più bello» dice Giò.

«Preferisco la notte,» risponde Sara «il buio trasforma le cose e te le fa vedere con occhi diversi. Non avete mai fatto caso che persone conosciute dopo una certa ora sembravano tanto affascinanti di notte quanto insulse di giorno?»

«Cosa c'entra questo?» chiede Marta.

«Che la notte nasconde quello che il giorno mostra chiaramente.»

«Wow» rispondiamo, ridendo. Perfetta per Mirko, due anime gemelle!

«Perché mi guardate con quella faccia?»

«A volte mi chiedo se ti ascolti, quando parli» dice Giò.

«Sei sempre talmente teatrale, non hai mai pensato di fare l'attrice? Se vuoi, posso mettere una buona parola con lo zio di Giorgio» rincaro io.

Lei scuote la testa facendo ondeggiare i lunghi capelli neri e si allontana da noi andando a raggiungere mio padre, che si è fermato in un negozio di souvenir. Li seguiamo continuando a ridere.

In quel momento mi squilla il cellulare e riconosco il numero di Marco.

«È lui» dico in preda all'agitazione.

«E allora?» chiede Marta.

«Cosa gli dico?»

«Che sei al mare da Giorgio, non ti ricordi?»

La sua voce frizzante mi arriva come se fosse dietro di me; mi dice che gli manco, che non vede l'ora di abbracciarmi di nuovo e le mie gambe diventano molli come gelatina mentre immagino la sua bocca che si increspa in un sorriso e i suoi occhi che mi sorridono felici. Mi allontano dagli altri ed esco dal negozio. Il mare in tempesta che sento dentro mi fa rispondere a monosillabi, la gola secca e un caldo improvviso mi fanno dimenticare anche il vento freddo che sferza incurante il mio viso. Chiudo gli occhi e mi concentro sulla sua voce. Vorrei dirgli che ogni sera prima di addormentarmi penso a lui, che quando trovo un posto che mi piace spero di tornarci insieme, e che non vedo l'ora di raccontargli ogni particolare di questo meraviglioso viaggio. Riapro gli occhi e vedo Marta che si sbraccia; annuisco, ma non smetto di lasciarmi cullare dalla sua voce. Sono talmente tanto presa dietro alle sue parole che mi dimentico ogni cosa, e quando mi chiede dove sono gli rispondo dicendogli l'unica cosa che non dovrei: a Bergen.

«E dov'è?» chiede lui, stupito.

Mi mordo le labbra cercando con lo sguardo qualcuno che mi possa aiutare a uscire dalla mia imbranataggine, ma Marta e le altre sono troppo lontane per capire cosa sta succedendo e Marco continua a incalzarmi con le domande. Balbetto e incespico un paio di volte, e quando ormai penso che sia tutto perduto, ecco che finalmente il mio cervello si schiarisce e ricomincia a funzionare.

«Era uno scherzo, Marco. Dove vuoi che sia? A Roma, ma domani parto per il mare, vado da Giorgio.»

Lo sento poco convinto: non sa se credermi oppure no. Cerco di essere più credibile e gli racconto che verrà anche Marta.

«Quando torni?» chiedo per cambiare argomento.

«Alla fine della settimana. Ci vediamo domenica sera?»

«Non vedo l'ora» rispondo e finalmente mi rilasso: ci ha creduto. Dio, che paura, stavo per rovinare tutta la sorpresa.

Quando lo dico alle altre, per poco Sara non mi uccide.

«Ti assicuro che mi ha creduto quando gli ho detto che stavo scherzando.»

«Ma Mirko conosce Svein. Se per caso lo chiama anche solo per fargli un saluto?»

«Perché dovrebbe? Marco non gliene parlerà. È tutto sotto controllo, Sara, stai tranquilla.»

«Con te non c'è mai da stare sicuri, fai sempre qualche casino.»

Marta mi guarda in modo eloquente e capisco che anche lei concorda.

«A cosa stavi pensando di così speciale, da dimenticarti tutto il resto?» insiste Sara.

Arrossisco imbarazzata. Come faccio a dire che è stata semplicemente la sua voce a confondermi?

«Va bene, adesso basta. Mi sembra che stiate esagerando. E poi, se anche lo venissero a sapere, cosa succederebbe?» chiede Giò.

«Ha ragione, ormai siamo partite e la sorpresa comunque ci sarà. Loro torneranno e non vi troveranno ad aspettarli: era questo lo scopo, no?» aggiunge Marta.

«Sì, ma era ancora meglio se nessuno gli diceva dove siamo» risponde Sara.

«Impossibile, i miei lo diranno sicuramente a Marco e così anche Mirko verrà a saperlo. E poi, scusate, state facendo questa vacanza solo per fare un dispetto ai vostri ragazzi?»

«No, certo che no. Però, l'idea di non fargli sapere dove siamo era carina, una piccola rivalsa. Tutto qui. Ma hai ragione, a questo punto non ha molto valore. La cosa importante è che siamo qui noi quattro, giusto, Sara?»

«Giusto. A noi quattro e a nessun altro» risponde, e sorridendo ci infiliamo in un piccolo ristorante tipico.

9

Stamattina ci siamo alzati molto presto perché la giornata si presenta lunga e impegnativa. Mio padre ha deciso di sfruttare al massimo i pochi giorni che ha per vedere più cose possibili. Per giunta c'è un bel sole che spacca le pietre, per cui abbiamo fatto una veloce colazione in albergo e siamo andati a prendere la storica funicolare, quella inaugurata nel 1918. Percorriamo il breve tratto in salita fino ad arrivare in cima a una delle vette che sovrastano la città. Il panorama che ci appare davanti vale l'alzataccia: si vede la città, con il suo porto, i fiordi, le montagne che la circondano e il mare che si staglia davanti a noi. Senza indugiare, cominciamo a scattare fotografie come se fossimo state mandate lì per un reportage. Sara, non contenta, tira fuori la videocamera e inizia una ripresa della zona, incitandoci a commentare e a leggere la guida per spiegare meglio il paesaggio. Proviamo a dissuaderla dal riprendere per ben venti minuti una farfalla poggiata su un sasso. Alla fine la fortuna ci assiste, perché la falena, stanca di quelle continue e invadenti attenzioni, spicca il volo permettendo a tutto il gruppo di proseguire la gita. Ci inoltriamo nei boschi, prendiamo uno dei numerosi sentieri e ci fermiamo a riposarci vicino a uno dei laghetti che incontriamo.

Ci distendiamo a prendere il sole su una grossa roccia che domina questo paesaggio incredibile, costellato di enormi strapiombi.

«Cosa sono effettivamente i fiordi?» chiede Marta.

«Sono delle insenature, o meglio spaccature della terra che si sono create quando i ghiacciai si sciolsero permettendo al mare di insinuarsi in queste lingue di terra. Fa effetto immaginare che milioni di anni fa questi solchi erano ricoperti completamente dai ghiacci» dice mio padre.

A me piacerebbe andare fino al nord e vedere l'aurora boreale, e poi proseguire fino alla Groenlandia e arrivare ancor più su fino al polo, dove il paesaggio deve essere quasi lunare per quanto è strano. Come fanno gli eschimesi a vivere in un posto simile? Per tutto l'anno ti svegli, passi la giornata e vai a dormire circondato dal ghiaccio, l'unico colore che conosci è il bianco e non sai neanche cosa sia il caldo. Come riescono a sopravvivere in un luogo tanto isolato e a non impazzire? Quanti abitanti ci potranno essere? Con quanta gente potrai avere contatti, fare amicizia? Quante opportunità si possono avere in un paese del genere? Non c'è il rischio di annoiarsi? E poi tutto quel silenzio e ghiaccio ovunque, per non parlare di quegli enormi iceberg che si muovono lentamente come delle navi alla deriva: è così desolante e triste. Mi viene in mentre quel gruppo musicale, i Sigur Rós, che se non ricordo male sono islandesi. Ascoltando la loro musica ti sembra di passeggiare tra le lande ricoperte di neve mentre i piedi fanno scricchiolare il terreno ghiacciato sotto di te. La musica lenta ipnotizza e ammalia come il silenzioso rumore dei fiocchi di neve, che cade incessante su un deserto innevato. Le delicate canzoni e le note che escono dagli strumenti non sono altro che il mondo silenzioso visto dai loro occhi. È proprio vero che la temperatura influenza lo spirito di un popolo: se nasci e vivi in paesi più caldi sei portato a essere più socievole e ad amare la confusione.

«Cosa ne dite se torniamo indietro?»

Seguo gli altri mentre percorriamo un altro sentiero che ci porta indietro, e poi scendiamo di nuovo verso Bergen. A pranzo ci fermiamo ad assaggiare un piatto a base di pesce e nel pomeriggio decidiamo di andare all'acquario.

«Svein non torna domani?» chiede Marta.

«Sì. Mi sono dimenticata di dirvi che ha proposto di fare un giro in bici con un paio di suoi amici, appena mio padre parte. Non dovrebbe essere troppo impegnativo e dormiremmo una notte in una fattoria.»

«Che fico, mi piace l'idea. Ma non siamo attrezzate per la mountain bike» risponde prontamente Marta.

«Forse possiamo noleggiare tutto» aggiunge Giò.

«Non faccio sport da una vita, non penso di farcela» si lamenta Sara.

«Pigrona, un po' di moto ti farà bene.»

«Basta che non ci siano troppe salite, altrimenti me ne torno indietro» continua lei poco convinta.

«Chi sono questi suoi amici?»

«Non gliel'ho chiesto. Sono rimasta d'accordo che gli avrei dato una risposta appena tornava.»

«Per me va bene, non vedo l'ora di fare qualcosa di divertente.»

«Perché domani sera non andiamo a ballare in qualche locale?»

«Giusto.»

«Ci sto.»

«Anch'io.»

«Pure.»

«Perfetto.»

«Senti...»

«Cosa c'è?» chiedo a Giò che mi prende sottobraccio allontanandomi dalle altre.

«Posso chiederti una cosa?»

«Certo.»

«Con Marco cosa usi quando state insieme?»

«Che domande sono?»

«Rispondi, invece di rompere.»

Controllo che mio padre non possa ascoltare.

«Preservativi. Perché?»

«Ecco, stavo pensando di andare da un ginecologo.»

«Ti è successo qualcosa?» chiedo preoccupata.

«No, figurati. Stavo solo pensando di prendere qualche contraccettivo.»

«Di già? Ti sei appena messa con Fabio.»

«Lo so, ma non mi sento tranquilla con il preservativo. Ho sentito parecchie storie inquietanti in merito.»

«Tipo?»

«Che si è rotto mentre veniva usato o che è rimasto dentro quando lui è uscito. E se mi dovesse succedere una cosa del genere, che faccio?»

«Non mi è mai capitato niente del genere. E devo essere sincera, non mi è neanche venuto in mente di usare niente di diverso.»

«Non sarebbe più comodo usare qualcosa di meno stressante?»

«Se la cosa ti fa stare più tranquilla, andiamo dal ginecologo e chiediamo informazioni.»

«Tu ne conosci uno?»

«Ci sono andata solo una volta. Non ricordo il suo nome, ma conosco un centro dove possiamo prendere un appuntamento, una volta me ne ha parlato mia madre.»

«Possiamo non fare la visita?»

«Certo, andiamo solo a chiedere informazioni. Comunque penso che corri troppo. Lui cosa dice?»

«Non gliene ho parlato. Il fatto è che lo vuole fare molto spesso, e a me questa cosa da un lato piace molto, ma dall'altro mi mette ansia e non riesco a rilassarmi. Mentre stiamo facendo l'amore cerco di capire se sta capitando qualcosa di irreparabile. Ti rendi conto che catastrofe sarebbe se rimanessi incinta?»

«Quante paranoie, devi solo starci attenta. L'importante è usarlo sempre... o ti è capitato di farlo anche senza?»

Lei tentenna quel tanto che mi fa gelare il sangue.

«Allora è per questo, ti è già successo? Giò, non fare stupidaggini.»

«Ma è capitato solo una volta, lui se li era dimenticati.»

«E questa cosa non ti ha spaventato di più delle paranoie di cui mi parlavi prima?»

«Ecco, in verità è capitato anche un'altra volta, tant'è che ci ho litigato. Non è facile dire di no in quei momenti.»

«Ti capisco, infatti penso che non sia corretto da parte sua. Come se poi non dovesse affrontare le implicazioni anche lui.»

«Non sarebbe la stessa cosa.»

«Hai ragione, è diverso per noi. Alla fine noi paghiamo le conseguenze di fare una cosa tanto stupida e superficiale. Devi dirgli che senza non vuoi farlo.»

«Non è facile resistere alle insistenze, mi sento come se fossi una guastafeste. Insomma, è un momento così intimo e carino. Sei lì e pensi, va bene, aspetto ancora un po', e poi in fondo perché dovrebbe succedermi proprio adesso? E poi lui insiste, e ti convince dicendoti che un momento prima si toglierà, che non vuole assolutamente fare niente di male.»

Rimango in silenzio e immagino come reagirei io di fronte alle insistenze di Marco. Per fortuna tra di noi non si è mai posto il problema: per come perdo la testa quando sono con lui, anch'io avrei delle grosse difficoltà.

«Per questo ho deciso di fare qualcosa.»

Non posso credere che questo Fabio sia così stupido e superficiale.

«È proprio da irresponsabili. Ti fidi di Fabio?»

«Penso sia un tipo un po' leggero, e dato che non voglio ogni volta avere l'ansia e le paranoie, preferisco prevenire.»

«Fai benissimo. Sai a chi possiamo chiedere? A Sara. Lei tempo fa ci ha detto che è andata dal ginecologo.»

«Preferirei di no. Lo sai quanto è dura su certi argomenti. Mi farebbe una testa così su questa storia; magari più avanti.»

«Ti capisco, a volte è esagerata, come Marta d'altronde. Appena torniamo a Roma cerco sul sito il nome della struttura e fissiamo una data.»

«Grazie, Vale. Non sapevo proprio con chi parlare, di queste cose non posso certo discuterne con mio padre.»

«Certo che no.»

«Di cosa state parlottando così fittamente?» chiede Marta avvicinandosi all'improvviso.

«Niente di particolare. Giò mi stava raccontando dell'amica di suo padre.»

«È successo qualcosa?»

«Hanno deciso di andare a vivere insieme» risponde Giò guardandomi con sguardo riconoscente.

«Veramente?» chiede Sara, sopraggiunta in quel momento.

«Pare di sì. Forse cambiamo casa e ne prendiamo una più grande.»

«E tu cosa ne pensi?»

«Sono contenta per loro, lei è molto carina e mi ci trovo bene. Non è molto invadente e non cerca di farmi da madre a ogni costo, e questo l'apprezzo molto.»

«E tua madre?»

«Ancora non lo sa, ma secondo me sviene.»

«Deve essere dura, la capisco. Lei non ha nessun altro?» chiede Marta.

«Figurati, ha un carattere orrendo e si lamenta sempre. Chi vuoi possa resistere un solo giorno con un persona così? Solo mio padre c'è riuscito per tutti quegli anni.»

«Come sei cinica. È sempre tua madre» dico.

«Infatti le voglio bene, ma questo non toglie che conosca perfettamente tutti i suoi difetti.»

«A chi lo dici» aggiunge Marta.

«Signorine, cosa ne pensate se andiamo a vedere l'acquario, invece di spettegolare su noi poveri genitori?»

Ci giriamo tutte e quattro verso mio padre, che sorride. Ricambiamo leggermente imbarazzate, e ci avviamo verso le foche e i pinguini.

I due giorni successivi giriamo come delle trottole; oltre a visitare un paio di musei, facciamo una gita attraverso i fiordi, poi prendiamo il treno della linea ferroviaria che collega Bergen a Oslo e arriviamo a Mydral, un villaggio che si trova tra le montagne. Da lì proseguiamo con un trenino panoramico che attraversa una stretta e profonda vallata con dei tratti veramente molto ripidi. Il tragitto è forse uno dei più affascinanti, costeggiamo dei fiumi che tagliano delle gole profonde, delle cascate e delle montagne ancora innevate. Ogni tanto scorgiamo delle fattorie arroccate su pendii scoscesi che sembrano dei dipinti. Alla fine della corsa arriviamo a Flåm, un piccolo e pittoresco villaggio che si trova sulle rive di uno dei fiordi più lunghi della Norvegia.

Quando alla fine del quarto giorno salutiamo mio padre, mi sento come se fossi qui da almeno un mese, e il disagio che di solito si prova quando si arriva in un paese straniero è stato sostituito dalla tranquillità di muoversi in un posto che ormai si conosce. Ma è solo apparenza, perché l'eccitazione che ci pervade tradisce la pacatezza che invece mostriamo mentre abbraccio mio padre prima che salga sul taxi.

«Promettimi che non farete stupidaggini, e che qualsiasi problema dovesse capitarvi ci chiamerete senza indugi.»

«Prometto.»

«E non andate in giro troppo tardi la sera.»

«Va bene.»

«Non fate l'autostop, mi raccomando.»

«Okay.»

«E non unitevi a gente che non conoscete, anche se vi sembrano simpatici.»

«Papà, stai tranquillo. Ti giuro che staremo molto attente e vi chiamerò ogni giorno. E poi hai anche il numero di Svein, giusto?»

«Sì, ma quel ragazzo mi sembra un pochino svitato.»

«Non è vero: non lo è affatto.»

«Va bene, adesso vado, altrimenti perderò l'aereo.»

Mi abbraccia ancora più forte.

«Mi mancherai, tesoro.»

«Anche tu, papà. Sono contenta che tu sia venuto.»

Lo bacio sulla guancia e sento una leggera nostalgia: a una parte di me dispiace veramente che se ne vada, siamo stati proprio bene insieme. E mi è piaciuto anche che non ci sia stata mia madre, ma solo lui.

Aspetto che la macchina si allontani e lo salutiamo con la mano. Appena scompare dietro la curva mi giro verso le mie amiche e vedo il viso raggiante di tutte e tre, stupidamente ci mettiamo a saltare abbracciandoci felici.

«E ora, ragazze, seconda parte del viaggio» e sempre abbracciate ci avviamo verso l'ostello.

La fortuna ci assiste, perché riusciamo ad avere una stanza tutta per noi. È all'ultimo piano di una casa di cinque, e la nostra camera è mansardata con il bagno sul corridoio, che dividiamo con altre tre stanze. Poggiamo gli zaini a terra e ci guardiamo intorno.

«Mentre salutavi tuo padre abbiamo sentito Svein, ci

aspetta di sotto tra venti minuti. Ci porta a mangiare da un suo amico» dice Sara.

«Mi faccio una doccia e arrivo» rispondo e cerco l'accappatoio nella borsa.

«Vengo con te» aggiunge Marta.

Dieci minuti dopo siamo chiuse dentro questo immenso bagno.

C'è una vasca con la doccia e un lavandino, ma manca il water. Appendo l'asciugamano al gancio dietro la porta e apro l'acqua calda: esce un getto sottile che impiega dieci minuti prima di diventare caldo. Vorrei lavarmi anche i capelli ma è troppo tardi, così me li lego e mi butto sotto la doccia.

«Il tempo corre troppo veloce, ti rendi conto che ci sono rimasti solo sei giorni?» sta dicendo Marta mentre si guarda allo specchio che piano piano si sta appannando.

«È vero, già ne sono passati quattro. Vorrei che non finisse mai questa vacanza.»

«A chi lo dici. Se penso che ad agosto devo partire con i miei mi sento male.»

«Dove andate?»

«Come al solito faremo un giro con la barca, quest'anno mia madre vuole andare in Corsica.»

«Deve essere bella, mi piacerebbe vederla.»

«Perché non vieni con noi? Potresti dormire con me.»

«Mi piacerebbe, ma come faccio con i miei? Hanno preso una casa in Puglia, in una specie di villaggio.»

«Stai con noi una settimana e poi li raggiungi con il treno.»

«C'è anche Marco?»

«Credo proprio di sì.»

«Mi scoccia venire in vacanza con i tuoi; insomma, c'è lui di mezzo, è imbarazzante. Non saprei come muovermi.»

«Sei sempre paranoica. Ormai i miei si sono abituati

a te, ti considerano di casa. Pensi che starebbero tutto il tempo a guardarti mentre ti sbaciucchi con il figlio?»

«Non mi sento a mio agio, tutto qui.»

Esco dalla doccia e lascio il posto a lei.

«Sai cosa mi ha detto Sara? Che Mirko le ha proposto di andare a Budapest con lui, vuole farle conoscere i luoghi dove ha abitato.»

«Veramente? Che cosa romantica.»

A me non l'ha mai chiesto, penso con una punta d'invidia.

«Mi ha confessato che non è mai stata tanto felice, che non pensava di poter perdere la testa in questo modo per qualcuno. Non ti fa strano vederli insieme?»

«A volte, ma più passa il tempo e più mi sembra una storia molto lontana quella tra me e lui. Le prime volte è stato difficile. Ogni volta che si abbracciavano, che lui la baciava, sentivo una leggera fitta di gelosia, come se sentissi che ancora mi apparteneva. E poi mi sentivo osservata, mi capitava spesso di incrociare il suo sguardo e non capivo se era solo curiosità o altro.»

«Per me gli piaci ancora.»

«Non dire stupidaggini. Si vede che è cotto di Sara.»

«Sì, ma si capisce che tra voi c'è stato qualcosa di speciale.»

«Hai ragione. È per questo che non riesco a odiarlo e forse, sempre per lo stesso motivo, sono contenta che abbia una bella persona come Sara accanto.»

«Dovresti sentirti. Solo pochi mesi fa l'avresti messa sotto con il motorino.»

«Cosa c'entra, appena successo ci sono rimasta malissimo. Sai bene cosa si prova a sentirsi traditi.»

«È diverso, tu avevi già deciso di metterti di nuovo con Marco, era un tradimento a metà. Per non parlare del fatto che credevi ti stesse tradendo con me, non so se mi spiego. Non ne abbiamo mai discusso, ma questa cosa non ti fa onore.»

«Ammetto di essere saltata alle conclusioni, ma anche tu devi concedermi che tutte le circostanze erano contro di te.»

«E pensi che non ti avrei detto niente?»

L'avrebbe fatto? E io, al posto suo, l'avrei detto?

«Allora mi stai dicendo che Sara si è comportata male.»

«Diciamo che ha aspettato troppo per i miei gusti.»

«L'avevi capito?»

«Ho cominciato ad avere dei sospetti quando dopo Capodanno ho notato un paio di volte uno scambio di sguardi che non sembrava proprio da amici.»

«E perché non me ne hai parlato?»

«Non ne ero sicura, poteva essere una mia paranoia. Lo sai che io su questo tasto sono molto sensibile. Ho provato a farle qualche domanda, ma lei non ha mai fatto nessun accenno. Così ho deciso di stare a vedere cosa succedeva, e poi sei arrivata tu con la storia dell'orecchino. Quando me l'hai fatto vedere mi è stato subito tutto chiaro.»

«Anche lì dovevi dirmelo subito.»

«Volevo parlare prima con Sara e convincerla ad ammettere la cosa. E quando l'ho affrontata, lei si è messa a piangere e mi ha pregato di non fare niente, di aspettare che fosse lei a dirtelo e a spiegarti cosa era successo. Non l'ho mai vista tanto stravolta.»

Mi tornano in mente quelle giornate e come mi sono sentita quando Mirko mi ha raccontato tutto. Scoppio a ridere e Marta si gira a guardarmi.

«Stavo pensando a come mi sono sentita pensando che fossi tu. Non puoi neanche immaginare cosa ho provato, anzi, forse puoi, conoscendomi. La mia vena melodrammatica era arrivata alle stelle e mi sentivo già come Anna Karenina che per la disperazione si butta sotto a un treno.»

«Lei lo fa per amore.»

«L'amicizia è una forma di amore.»

Sentiamo bussare, e la voce di Giò arriva attraverso la porta chiusa.

«Tutto a posto? Ci siete cadute dentro? Svein ha già mandato due messaggi» bisbiglia.

«Eccoci» rispondo, e velocemente usciamo dal bagno.

Qundo scendiamo, troviamo ad aspettarci lui con altra gente, tre ragazzi e una ragazza. Dopo le presentazioni ci incamminiamo a piedi lungo la via e ci fermiamo in un piccolo locale. Entriamo e saliamo per una stretta scala. Il cameriere ci fa accomodare a un tavolo tondo vicino una finestra che affaccia sulla via. Il posto è molto carino, con dei toni verde pastello che danno l'aria di un locale moderno ma accogliente. Apro il menù e scopro che è vegetariano.

«Spero non vi dispiaccia» dice Svein amabilmente.

Quando vuole è proprio carino, penso sorridendogli. Peccato per quel suo difettuccio!

Osservo la ragazza seduta vicino a lui e mi chiedo se anche lei andrà ad aggiungersi alla sua lunga lista di conquiste, ma da come si guarda intorno direi che è solo un'amica. È molto carina, con i capelli corti biondo cenere e gli occhi azzurri come quelli di Svein. Il suo naso perfetto e la corporatura slanciata mi fanno sentire come una balena goffa e senza grazia. Osservo le sue dita affusolate prendere delicatamente il bicchiere e portarlo alle labbra ben disegnate. Non ha un filo di trucco, ma le folte ciglia sembrano formare un naturale eyeliner intorno agli occhi. Sentendosi osservata mi guarda e sorride. Perché la natura concede così tanto a qualcuno e ad altri invece niente? Sicuramente lei non avrà problemi nella vita, o per lo meno la sua strada sarà molto più facile di quella riservata a noi comuni mortali. Chi saprebbe dire di no a quello sguardo da gatto persiano o a quelle gambe ben tornite? Osservo gli altri ospiti del ristorante, ma non mi sembra di notare nessuno particolarmente colpito dalla sua bellezza. Da noi metterebbero i tappeti per terra per una ragazza così bella. Non potrebbe camminare per strada senza essere spogliata con gli occhi da tutto il genere maschile. Chissà come deve essere, sentirsi tanto desiderata. Lei non sembra consapevole della fortuna che madre natura le ha regalato. Anzi, da come si veste direi addirittura che non dà molto valore al suo aspetto fisico: maglietta, bermuda di jeans e infradito.

«Allora, lo facciamo questo mini tour in bici?» sta chiedendo Svein.

«Per noi va bene, ma non abbiamo l'attrezzatura.»

«No problem, ci pensiamo noi. Possiamo andare anche adesso da un nostro amico che noleggia bike e prendere tutto quello che ci serve.»

«Non è un pochino tardi?» chiedo.

«Figurati, lui abita al piano di sopra del negozio. Che ne dite?»

Un'occhiata d'intesa e annuiamo; poi, dopo aver ordinato, ci mettiamo a parlare con il resto del gruppo. Scopriamo che la ragazza, che si chiama Åsa, è la cugina del nostro amico, vive a Oslo ed è venuta per le vacanze a trovare dei suoi amici a Bergen. Gli altri ragazzi invece sono tutti amici d'infanzia di Svein e ogni anno si incontrano qui per passare qualche giorno insieme. Eric è alto, magro, con i capelli castani e gli occhi verdi. Quando parla inglese ha un forte accento nordico che lo rende un pochino burbero, sorride poco e sembra spesso distratto. Ha passato gli ultimi tre anni su una barca nel nord del paese, seguendo un progetto, finanziato dallo Stato, per controllare i ghiacciai e i loro mutamenti. Jorg è alto come l'altro ma più robusto di costituzione, ha una barba incolta che gli dà un'aria trasognata e i capelli biondi lunghi che gli arrivano quasi alle spalle.

Anche lui, come Åsa, frequenta l'università a Oslo, ma adesso ha vinto una borsa di studio e il prossimo anno andrà in Belgio per seguire una ricerca sulla comunità europea. È il più chiacchierone del gruppo, parla e scherza e si capisce che è la persona che tiene unito il gruppo. Ama mangiare e beve una quantità di birra impressionante, anche se non sembra sortire nessun effetto sulla sua lucidità. Infine c'è Hans che vive a Bergen come Svein e lavora in una fabbrica di legname. Alto, con i capelli molto corti e gli occhi azzurri e il fisico asciutto di chi fa sport da quando è nato. Molto timido e riservato, lo è meno quando si parla di politica, in quel caso il suo viso si arrossa e gli occhi diventano improvvisamente molto più vivaci del solito.

Ci ritroviamo a parlare di tutto, di come si vive in Norvegia e in Italia, dei viaggi, delle opportunità di lavoro, dell'università e delle aspirazioni di ognuno di noi. Senza che ce ne rendiamo conto, la serata passa velocemente, e quando i proprietari del ristorante, una coppia giovane, ci raggiungono al tavolo, ormai nel locale non è rimasto più nessuno. Dopo aver scattato un paio di foto tutti insieme, Jorg si alza in piedi e riempie il bicchiere a tutti.

«Dobbiamo festeggiare» dice, con il suo vocione da baritono.

«Salute!» urliamo ognuno nella propria lingua, e ridendo finiamo in bellezza la serata.

Quando arriviamo in camera siamo ancora su di giri e solo in quel momento ci ricordiamo di non essere passate al negozio di bici. Ci buttiamo sul letto che siamo ancora elettrizzate dalla serata e dalla compagnia. Ma non appena poggiamo la testa sul cuscino, cadiamo tutte e quattro in trance e ci risvegliamo solo la mattina dopo con lo squillo di un cellulare che interrompe i nostri sogni.

10

«Pronto?» dico con voce impastata.

«Ancora a letto? Vi aspetto al mercato del pesce tra un'ora» dice Svein, perentorio.

Con gli occhi ancora chiusi, attacco il telefono e guardo l'orologio: le sette. Ma non siamo in vacanza? Provo a chiamare le altre ma arrivano solo dei mugugni indistinti, così poggio il cell per terra e mi giro dall'altra parte. Tra cinque minuti mi alzo, penso, e scivolo di nuovo nel sonno.

Un forte bussare alla porta mi fa sobbalzare, mi alzo di scatto e guardo l'ora. Cavolo, le otto e mezza. Ancora insonnolita vado alla porta.

«Chi è?»

«Sono Svein, è mezz'ora che vi aspetto. Che fine avete fatto?»

Socchiudo la porta.

«Scusa, è colpa mia. Mi sono addormentata di nuovo, siamo ancora tutte a letto. Penso che non saremo pronte prima di un'altra ora.»

Lui sbuffa e poggia il braccio sullo stipite della porta.

«Lo immaginavo. Va bene, ma non di più, altrimenti si parte troppo tardi, le ore più belle sono quelle della mattina presto. Se non vi vedo arrivare entro un'ora noi ce ne andiamo.»

«Okay, a tra poco» dico. Sto per chiudere la porta, poi la riapro.

«E per le bici?»

«Ho chiamato il mio amico. Ne ha tenute quattro da parte. Ricordatevi le giacche a vento e un cambio per la notte.»

«Va bene, a dopo.»

Chiudo la porta, e vado a spalancare la imposte della finestra. Sento le proteste di qualcuna, ma le ignoro. Prendo lo zaino e cerco i pantaloni corti con le tasche, una maglia e una felpa con il cappuccio. Chiamo le altre, che nel frattempo stanno cominciando a svegliarsi, e vado in bagno; quando torno Sara e Marta sono già in piedi e Giò è seduta sul letto che sbadiglia. Le aggiorno sull'appuntamento e velocemente finiamo di prepararci. Lasciamo la stanza, scendiamo a fare una colazione veloce e chiediamo all'ingresso se possono tenerci i bagagli per una notte.

Un quarto d'ora dopo siamo dentro al negozio delle bici. Svein vorrebbe farci prendere anche dei pantaloni superaderenti, che sostiene siano perfetti sia per il freddo che per il caldo; ma a noi sembra esagerato indossare un abbigliamento da Giro d'Italia. Alla fine usciamo dal negozio con delle bici provviste di sacche laterali, delle borracce per l'acqua e dei caschetti aerodinamici che hanno tanto insistito per farci indossare. Pare che qui siano obbligatori.

«Voglio una foto di tutte e quattro insieme prima di partire, va messa rigorosamente nell'album di viaggio» dice Sara.

«Hai ragione» ribadisce Marta e chiediamo a Svein di scattarne un paio come ricordo.

Alle dieci arriviamo alla stazione e prendiamo un treno che ci porta fino a Voss, e da qui finalmente saliamo in sella alle bici e cominciamo il nostro giro. Oltre a noi cinque ci sono Eric, Jorg e Åsa. Partiamo, ma dopo le prime pedalate i gruppi diventano due, loro davanti e noi dietro che perdiamo terreno a ogni giro. Dopo pochi chilometri siamo già con il fiatone e il volto paonazzo; Svein, resosi conto della situazione, si ferma e aspetta che lo raggiungiamo, mentre gli altri decidono di continuare alla loro andatura e ci lasciano indietro. La strada per fortuna è asfaltata, e se uno ne avesse la possibilità potrebbe apprezzare la vista panoramica; costeggiamo un lago, risaliamo lungo una strada piena di curve e poi attraversiamo diversi tunnel molto stretti. Dopo due ore, quella che si doveva prospettare come una bella passeggiata tra i fiordi diventa una faticosa traversata. Esauste, ci fermiamo vicino a una cascata per riprendere fiato. Scendo dalla bici e mi sorreggo al sellino per non cadere.

«Ho il sedere a pezzi» bofonchia Marta, zoppicando.

Guardo il viso sudato di Giò e scoppio a ridere.

«Svein, questa te la facciamo pagare. Come ti è venuto in mente di invitarci a una gita simile? E dire che ti avevamo anche chiesto se il percorso era difficile.»

Lui sorride.

«Scusate, in genere questo tratto lo fanno le famiglie con bambini.»

«Grazie» risponde Sara, sarcastica.

Beviamo l'acqua delle borracce e ci sediamo sul ciglio della strada.

«Non penso di riuscire a farcela» aggiungo.

«Siamo appena partiti. Gli altri ci aspettano dall'altra parte del monte, dove pensavamo di fermarci a dormire.»

«Quanti chilometri?»

«Più o meno una novantina.»

«Cosa? Tu sei pazzo. Vuoi che ci vengano a recuperare con gli elicotteri?» dice Giò, che comincia solo ora a riprendere un colorito normale.

«Ho capito. Se arriviamo al prossimo paese possiamo prendere un treno e raggiungere gli altri più velocemente. Pensate di riuscire a farcela?»

«Ci proviamo» rispondo per tutte mentre le guardo una a una e mi rendo conto che sarà un'impresa impossibile. Marta sbuffa e mi lancia un'occhiataccia. Ma che colpa ne ho io, l'idea è stata di Svein!

Risaliamo in sella e dopo un tempo che ci sembra interminabile arriviamo alla meta, dove molliamo le bici e ci andiamo a sedere sotto gli ombrelloni di un bar.

«Ho avvertito gli altri, prenderanno i letti anche per noi.»

Annuiamo senza avere la forza di aggiungere altro. Dopo un paio di panini e quattro bottiglie d'acqua, ci torna la parola e il sorriso.

«Come mai Hans non è venuto?» chiede Sara.

«Era di turno in fabbrica. Forse ci raggiunge stasera alla fattoria.»

«Siete proprio molto amici, non è vero?»

«Sì, ci conosciamo da una vita. Un po' come voi quattro, penso. Ieri mi ha chiamato Giorgio e ha chiesto vostre notizie; vi saluta.»

«Come mai?» chiede Marta.

«Mirko l'ha chiamato facendogli strane domande su di me.»

A me e Sara si alzano le antenne.

«Oggi che giorno è?» chiedo, avendo perso completamente il conto dei giorni.

«Domenica, perché?»

«Stasera tornano a casa» rispondo.

«L'avevo detto che la tua risposta li avrebbe insospettiti» continua Sara.

«Da quando sei partita non hai sentito Mirko?» chiede Giò.

«Non sto rispondendo alle sue chiamate e ai suoi messaggi» risponde secca.

«Allora la cosa è seria, avete litigato di brutto» si intromette Svein.

«Ho le mie ragioni per comportarmi in questo modo» risponde, facendo intendere che non ha alcuna intenzione di fornirgli ulteriori spiegazioni.

«Come siete complicate, voi ragazze. Ve la prendete per niente.»

Scattiamo come se ci avesse morso un serpente e parte una feroce discussione sui difetti dei rispettivi sessi. Alla fine Svein conclude che anche per questo motivo ha deciso di non avere una storia seria con una ragazza: sembra che cerchiamo sempre gli spunti per litigare.

Un'ora dopo siamo comodamente sedute sul treno che ci sta portando oltre il passo. Mando un SMS a Marco per sapere se sta tornando e mi metto a osservare il paesaggio dal finestrino. Costeggiamo un fiume ricco di rapide e piccole cascate, la vegetazione intorno a noi ha un colore talmente intenso da sembrare un dipinto.

Il bip del cell mi distrae; Marco è già a Roma. Guardo perplessa il display: perché non mi ha chiamato? Avviso Sara della novità.

«Allora è ufficiale, ormai lo sanno.»

«Non capisco, perché chiamare Giorgio? Per sapere se siamo ancora qui?» chiede Marta.

Guardiamo Svein, ma si è appisolato e sembra non far caso a noi.

«Perché non l'ha chiesto a me?» domando.

«Conoscendo mio fratello, si sarà stranito per la tua partenza e del fatto che non gliel'hai detto.»

Sorrido leggermente, mi sono vendicata, anche se non mi sembra di averne grande soddisfazione.

«Non lo chiami?» chiede Giò.

«Aspetto fino a domani.»

Riporto l'attenzione sul paesaggio, che cambia dai toni del verde a quelli dell'azzurro. Mi sento stranamente tranquilla: dovrei preoccuparmi della mia reazione o forse di più di quella di Marco? L'intento non era certo di fare a braccio di ferro, figuriamoci, meno che mai litigare; non appartengo a quella fetta di ragazze di cui Svein parlava prima, anche se devo ammettere, per quanto a malincuore, che effettivamente siamo spesso polemiche e cavillose. Prendiamo mia madre: le capita di discutere con mio padre per delle questioni che, concordo con lui, sono assolutamente irrilevanti o non meritano tutto quello spreco di energie.

«A cosa pensi?» chiede Marta.

La metto a conoscenza dei miei pensieri mentre osserviamo le montagne che si stagliano di fronte a noi. Giusto Svein poteva pensare di farci percorrere questa strada in bici, e noi ingenuamente ci siamo fidate. I ragazzi fanno sempre tutto facile.

«Mi dispiace di non esser riuscita a farla in bici, deve essere una bella soddisfazione arrivare fino in cima» continua Marta, come se mi avesse letto nel pensiero.

Probabilmente ha ragione, ma ho le gambe ancora indolenzite, avrei veramente bisogno di un bel bagno caldo.

«Devo confessarti una cosa» dice Marta facendosi più vicina.

Mi giro a guardarla.

«Stanotte mi sono sognata Eric.»

«L'amico di Svein?»

Annuisce.

«E...»

«Nessun sogno strano, se è questo che stai pensando. Ma stamattina quando l'ho visto mi sono sentita a disagio» continua.

«Allora qualcosa è successo.»

«Ti assicuro che non è capitato proprio niente. Stavamo scappando, anche se non ricordo da cosa. Eravamo a piedi e correvamo come se qualcuno volesse ucciderci. Mi ricordo solo che a un certo punto lui è sparito e io ho urlato.»

«Per fortuna non l'hai fatto veramente, poteva venire un infarto a tutte e tre. Continuo a pensare che ti sfugga qualche particolare.»

Incrocio lo sguardo di Svein, che si sta svegliando proprio in quel momento, e i suoi occhi mi fanno pensare a quanti chilometri mi separano da Marco. Guardo il cell, ma non trovo nessun nuovo messaggio; mi sa che ci è rimasto proprio male. Chiudo gli occhi e mi lascio dondolare dal movimento del treno.

«Perché me lo racconti, allora?» chiedo dopo un po' a Marta.

«Non mi succedeva da molto tempo di ricordarmi un sogno.»

«Ma non capisco il disagio.»

Lei tentenna.

«Secondo te potrei piacergli?»

Un sorriso mi increspa le labbra: finalmente è uscita dal letargo. Qui la cosa si fa interessante, dimentico Marco e mi concentro sulla mia amica.

Un'ora più tardi siamo di nuovo in sella, percorrendo l'ultimo tratto di strada che ci condurrà alla fattoria. Pensavo di non riuscire a fare neanche un metro, e invece le mie gambe hanno reagito contro ogni aspettativa. Attraversiamo una vasta pianura circondata da alte montagne, con dei tratti ancora innevati; gruppi di nuvole si sono addensati intorno alle vette, mentre un forte vento ci costringe a pedalare guardando l'asfalto di fronte a noi. Per fortuna dopo un paio di curve torna la calma e il sole ancora alto ci riscalda con i suoi raggi. Affianco Svein, che pedala lentamente guardandosi intorno.

«Vai spesso in bici?»

«Quando il tempo lo permette. Purtroppo spesso piove o fa molto freddo da queste parti.»

«Immagino che durante l'inverno sia impossibile fare queste strade.»

«È tutto ghiacciato.»

«E come ti muovi?»

«Con i treni o con le navi, non amo andare in macchina.»

Ovvio, con quel macinino dove può andare?

«Come sta Giorgio? Da quando si è lasciato con Ozi è diventato molto insofferente.»

«Me l'ha detto, non sta passando un bel momento. Mi dispiace che non sia potuto venire.»

«Anche a me. Tornerai a Roma, prima o poi?»

«Non penso. Forse a gennaio vado a Londra per seguire un corso di specializzazione; ho un amico che può ospitarmi.»

«Su cosa?»

«Medicina legale.»

Lo guardo stupita. Non ricordavo si stesse laureando per diventare medico; possibile che non ne abbiamo mai parlato?

«Non ti ci vedo proprio a fare il dottore.»

«Se intendi quello classico, concordo con te. Ma conoscere le cause di una morte non naturale mi ha affascinato fin da quando ero piccolo.»

«Strano, ero convinta che stessi prendendo la laurea in agraria, biologia o veterinaria: non ti ci vedo proprio a lavorare con i morti, e a pensarci bene mi fa anche un po' senso.»

Lui sorride divertito dalla mia aria disgustata.

«Dover aprire tutti quei corpi, sezionarli come se fossero delle cavie» continuo.

«È proprio l'inverso, lo fai per rendergli giustizia. Vuoi contribuire a trovare le cause che hanno portato alla morte quelle persone. Non credi che se lo meritino?»

Certo che sì, non è questo il punto, ma come si fa a passare le giornate analizzando con la lente di ingrandimento persone distese su freddi tavoli operatori? Esposte e indifese alla luce e agli occhi inclementi di coloro che sono lì a segare, tagliare, cucire quelli che un tempo erano degli esseri umani. E come fai poi a tornare all'aria aperta e guardare in faccia qualcuno con gli stessi occhi con cui osservavi un pezzo di carne senza vita?

«Come pensi di riuscire a toglierti di dosso l'odore e la vista della morte?»

«Questo ancora non lo so, ma la voglia di aiutare è più forte di tutto il resto.»

Pedaliamo ancora fianco a fianco in silenzio, mentre il mio cervello corre ancora dietro orrende visioni: io non ne sarei mai capace. Credo che in me prevarrebbe il senso di tristezza e desolazione; non mi piace dimenticare chi ho di fronte, e cosa ancora più importante, non mi piace lavorare a contatto con la morte, anche se capisco e ammiro chi riesce a farlo. Ognuno di noi è portato per un certo tipo di lavoro, e forse è questo a renderci diversi gli uni dagli altri. Pensare che una persona possa tracorrere le giornate chiusa in una stanza fredda e silenziosa circondata da cadaveri mi sembra qualcosa che solo una mente perversa può sopportare. Eppure Svein mi sembra un tipo così spiritoso, divertente, uno che ama la vita, la gente, gli animali. Invece penso che coloro che scelgono quei lavori simili debbano essere persone più introverse, solitarie, amanti dell'intimità e del silenzio. È vero, la mia è solo un'idea, magari mi sbaglio: come tutte le professioni anche questa deve avere il suo fascino, specialmente se supportata da una grande passione.

«Sono sorpresa, Svein.»

Lui sorride e alza il viso verso il cielo.

«Pensavi fossi più superficiale?» chiede divertito.

Arrossisco leggermente.

«Solo un pochino» ammetto.

«Forse non mi conosci abbastanza.»

«Forse.»

«Non ci sono state molte occasioni di parlare e sei sempre stata prevenuta nei miei confronti, mi sbaglio?»

Giorgio deve avergli detto qualcosa.

«Non ho mai nascosto le mie perplessità in merito al tuo modo di concepire il rapporto di coppia.»

«Questo non vuol dire che non ci sia altro da sapere di me.»

Mi rendo conto solo adesso di non aver mai voluto andare al di là di un giudizio così stereotipato e superficiale.

«Ho sbagliato, mi dispiace.»

D'altronde avrei dovuto immaginare che Svein fosse essere una persona più interessante di quella che pensavo, altrimenti come poteva mettersi con Sara? Per lei, la bellezza fine a sé stessa non ha mai avuto importanza. E poi come poteva diventare amico di Giorgio?

«Ciò non toglie che se stanotte vuoi venire nel mio letto, sei la benvenuta.»

«Mmh, che pensiero gentile. Diciamo che per questa volta rinuncio, anche se immagino che mi pentirò della mia scelta» rispondo scherzando.

«La mia porta è sempre aperta.»

«Lo terrò a mente.»

All'improvviso le sue avances non mi risultano più fastidiose, ma le considero un difetto come ne abbiamo tutti noi.

E se fino a un'ora fa mi sarei inacidita di fronte al suo commento così tipicamente maschilista, adesso ne riesco quasi a cogliere la leggerezza; in fondo avevano ragione gli altri, perché imporre per forza un modello? Perché non lasciare che siano le persone stesse a decidere cosa vogliono fare dei loro rapporti? Sbircio il suo profilo; magari non ha semplicemente trovato la persona giusta, o forse è uno di quei ragazzi destinati a passare da una storia all'altra senza mai fermarsi. In fondo, chi siamo noi per giudicare?

La fattoria è come uno se la immagina, una casa di legno con un prato intorno. L'unica diversità rispetto al modello che ci si aspetta di trovare è la veduta che si gode da questo posto, da farti mancare il respiro.

Scendiamo dalle bici e le mettiamo nel ripostiglio indicato da un cartello appeso all'esterno. Percorriamo il vialetto e rimaniamo a bocca aperta di fronte a questo spettacolo della natura: un'immensa distesa d'acqua cristallina che riflette le montagne circostanti. Ci avviciniamo di corsa verso il pontile di legno e con gridolini felici scattiamo un migliaio di foto. Ecco un altro posto dove vale la pena tornare con Marco, penso con un pizzico di nostalgia.

«Finalmente!» ci sentiamo apostrofare da Jorg che ci viene incontro.

Noi, ancora affascinate dal posto, non la smettiamo di agitarci come anatre starnazzanti. Sembra che la stanchezza abbia lasciato il posto a un'iperattività inconsistente.

«Questo posto è da urlo, perché non facciamo un giro in barca?» chiede Marta, e noi dietro a lei ad annuire.

«È tardi, tra mezz'ora si cena» risponde Svein.

«Ma sono le sei» dice Giò sorpesa.

«Da queste parti si mangia presto.»

«E se uscissimo dopo?» insiste Marta.

Jorg e Svein si guardano.

«Non credo sia possibile prendere le imbarcazioni così tardi.»

«Peccato» diciamo tutte quante e raggiungiamo la fattoria.

Troviamo Åsa e Eric seduti a un tavolo che parlano fittamente, e senza volerlo guardo Marta, che si lascia sfuggire un sospiro. Allora la situazione è più grave di quello che immaginavo, penso sorpresa. Giò mi afferra per un braccio.

«Mi sto perdendo qualcosa?» mi sussurra all'orecchio.

«Ancora no, ma qualcosa bolle in pentola, ne parliamo più tardi.»

I suoi grandi occhi neri si illuminano di eccitazione.

«Cosa sta succedendo?» chiede Sara, sopraggiunta in quel momento.

«Te lo diciamo dopo» rispondo con aria cospiratrice e mi avvicino agli altri. Dopo esserci presentati ai padroni di casa e dopo le formalità, saliamo di sopra e scopriamo che la stanza non è altro che un'enorme camerata con tanti letti; restiamo ammutolite dalla sorpresa. Nessuno ci ha detto che avremmo dormito tutti quanti insieme!

«Questi sono i vostri» dice Svein indicando due letti a castello affiancati. Lui poggia il suo zaino su un altro più avanti e torna di sotto. Mi guardo intorno spaesata osservando quella fila di letti occupati da perfetti sconosciuti.

«Non so se riuscirò a dormire con tutta questa gente» bisbiglia Giò.

«Senti che puzza di piedi» aggiunge Sara.

«E di sudore» finisco io.

«Mio dio. E ora cosa si fa?» chiede Marta.

Ci guardiamo intorno sconsolate.

«Il bagno dove sarà? Pensa se anche quello è in comune» dico.

Le altre trattengono una risata. Non c'è niente divertente, penso in preda a un attacco di nervi. Se già il campeggio mi sembrava difficile da accettare, figuriamoci un posto come questo.

«Voglio tornare indietro, io qui non ci rimango» continuo con voce isterica.

«Vale, calmati, dove vuoi che andiamo a quest'ora? Hai presente dove ci troviamo?» chiede Sara.

«Non mi interessa. Qui non voglio starci» insisto con

aria imbronciata e mi siedo sul letto. Marta mi viene vicino e mi poggia un braccio sulla spalla.

«Puoi farcela, Vale. Una notte passa in fretta. Vedrai, una volta sotto le lenzuola, con la luce spenta, non ci farai più caso.»

«Cosa ho fatto di male per meritarmi una punizione simile? Questo è Marco che me l'ha tirata.»

«Figurati. Quello ha altro a cui pensare, adesso» risponde Marta.

«Cosa vuoi dire?» La fulmino con lo sguardo. Cosa sa che io non so?

«Stavo scherzando, Vale, smettila di lamentarti e andiamo giù da basso a mangiare.»

«Aspettate, voglio fare una foto.»

«Falla finita, Sara, altrimenti vengo lì e ti distruggo la macchinetta» rispondo infastidita.

«Va bene, io vado a cercare il bagno» dice Marta, e senza aspettare risposta se ne va.

Sara e Giò si lanciano sul mio letto.

«Allora?»

«Allora cosa?»

«Qual è il piano?»

«Di cosa state parlano?»

Loro due alzano gli occhi al cielo.

«M ed E.»

Mi scappa un sorriso e mi passa la depressione.

«Dobbiamo farci venire qualche idea geniale, lo sapete com'è Marta, se scopre che stiamo tramando alle sue spalle è la fine.»

«Io un'idea ce l'ho» dice Giò, e ascoltiamo in religioso silenzio il suo diabolico piano. Quando Marta torna dalla sua ispezione, la strategia è già tutta pianificata. Scendiamo le scale di buon umore, raggiungiamo il resto del gruppo, e appena prendiamo posto a tavola, un sorriso sornione mi affiora sulle labbra: la rete comincia piano a piano a srotolarsi. È ora di buttare qualche esca!

11

Siamo sedute a tavola da un'ora e dopo aver mangiato un piatto a base di salmone affumicato e patate e dopo diverse birre l'aria si è riscaldata. Åsa, che per tutta la sera non ha fatto altro che punzecchiare Jorg senza successo, adesso ha rivolto la sua attenzione verso Eric e cerca di provocarlo in tutti i modi. Lui, per niente intimorito dai modi bruschi della sua amica, lascia che lei si accanisca, come un cane che non vuole mollare l'osso. Evidentemente gli amici devono conoscerla molto bene, perché nessuno cerca di contenere le sue battutine acide, ma anzi, sembrano quasi trovarla divertente, perché la stuzzicano in continuazione. Ora è infervorata su un discorso sulla parità delle donne: sostiene che nonostante il loro paese sia ai primi posti nella graduatoria per quanto riguarda l'eguaglianza, le donne che si trovano in posizioni dirigenziali o comunque strategiche possono contarsi sulle dita di una mano.

«Prenditela con la natura» risponde Eric, provocatorio.

«Di cosa parli?» ribatte lei.

«Nessuno darà mai un posto di dirigente a una donna che poi va sicuramente in maternità.»

«Questa è vera discriminazione» si intromette Sara, concordando con Åsa.

«Prenditela con le organizzazioni religiose cattoliche che portano avanti campagne per convincere i genitori, o meglio le madri, a rimanere a casa con i figli.»

«Non è solo questo» risponde Åsa.

«È vero, non potete farci niente, siete destinate a sacrificarvi molto più degli uomini» infierisce Svein.

«E mi sembra che in questo ci date una mano, o mi sbaglio?» intervengo, mentre comincio a scaldarmi.

«Ma no, figurati. Ma voi stesse per prime, appena rimanete incinte, mettete al primo posto il figlio; cosa che trovo anche giusta.»

«Che alternativa c'è?»

«Nessuna.»

«La verità è che il mondo è profondamente maschilista» dice Åsa, avvilita.

«La natura è maschilista, non il mondo» risponde Jorg.

«Per fortuna vivi in uno dei paesi in cui l'uguaglianza tra uomo e donna è molto radicata» ribadisce Eric.

«Questo lo so, ma la cosa non mi conforta più di tanto. Lo sai quante donne riescono a diventare astronauta? O pilota di aerei? Andiamo, a noi certe professioni sono proibite. Quanti chirurghi donne avete in Italia?»

Non saprei dirlo, ma adesso che mi ci fa pensare, non mi sembra di averne mai sentito parlare: possibile che siamo ancora così lontani dalla vera parità?

Assaggiamo un'invitante crema di lamponi gialla e ordiniamo altre birre; io salto il giro, se bevo un altro goccio mi devono portare a letto in spalla. E poi mi viene in mente cos'ho combinato quella notte a Londra... Anche se come idea non sarebbe neanche male, considerando l'orrenda camerata dove devo passare la notte.

«Cosa ne dite se domani mattina andiamo a fare un giro in barca?» chiede Sara.

«Per me va bene» risponde Jorg.

«E se ci lasciano sul fiume facendo rafting?» azzarda Svein.

«Meglio la barca» rispondo e sento lo sguardo delle mie amiche addosso. Cos'ho detto di male?

«Ti concedo la canoa o il kayak, la barca fa tanto anziano!» ribatte Åsa.

Scoppiamo a ridere: certo che è proprio rude, la ragazza. Sentendo lo sguardo su di sé, alza il boccale di birra e lo manda giù in un unico sorso. A me vengono i brividi: come fa con tutto quello che beve a essere così magra?

«Vada per la canoa, allora. Potremmo anche pescare» dice Giò.

Lei storce il naso. Ho capito, è da anziani anche questo!

«A proposito di pesca, ho letto da poco sul sito del WWF che il governo norvegese sta usando i soldi dei contribuenti per sovvenzionare le industrie baleniere» dice poggiando il boccale vuoto sul tavolo.

«L'ho letto anch'io» fa Eric.

«Non capisco il motivo per cui si continua la caccia alle balene, non porta nessun tipo di beneficio al paese. La richiesta della carne di balena è diminuita e nessuno considera l'impatto negativo di questa scelta sul turismo legato all'avvistamento delle balene. Eppure il whale watching è un'industria che porta milioni ogni anno nei paesi che lo praticano, come l'Australia o la Repubblica dominicana.»

«Hai toccato un tasto dolente. Pensa che è stata fissata una quota di mille animali che si possono uccidere nell'arco dell'anno, anche se da una stima fatta sembra che i cetacei siano meno della metà» dice Svein ancora più avvilito. Mi sa che a lui la birra fa questo effetto.

Comunque la motivazione fornita per giustificare la caccia, aggiunge Eric, è che rovinano l'ecosistema marino. Il governo utilizza la falsa credenza per cui la mancanza di pesce sia colpa loro per ucciderle senza scatenare troppe opposizioni. Ma l'assurdità è che continuano a cacciarle nonostante un surplus di carne di balena che il paese non riesce a vendere, e nonostante il fatto che una recente relazione del governo abbia messo in luce che una balena su cinque soffre per lunghe ore di terribile agonia prima di morire.

«E un sondaggio ha mostrato che circa due terzi dei norvegesi ritengono inaccettabile che una balena debba soffrire per più di quindici minuti prima di morire, una volta arpionata» conclude Eric.

«La caccia ha avuto le sue prime rudimentali manifestazioni migliaia di anni fa. Le balene venivano cacciate per la carne e per l'olio ricavato dal grasso. La forma per così dire industrializzata è arrivata soltanto intorno al XVII secolo e solo nella seconda metà dell'Ottocento le tecniche si sono perfezionate. Ma intorno a questi animali c'è sempre stata un'aura che va al di là della vera commercializzazione. Per secoli questa specie ha rappresentato la più grande sfida dell'uomo. È stato identificato come il più enorme mostro marino, qualcosa da temere e distruggere, quasi una figura mitologica. Era considerato un animale feroce, in grado di uccidere con un solo colpo di pinna, oppure inghiottirti in un solo boccone, come nella favola di Pinocchio. Eppure» continua Jorg «nel Giappone antico la balena era un'icona sacra, lo scrigno che contiene il nucleo della vita. E in India è la creatura guida dell'Arca sulle acque del diluvio universale, mentre nel mito di Giona la balena è il ventre, l'arca, la salvezza.»

«Non capisco perché si accaniscano in questo modo verso questi cetacei» dice Marta.

«Ogni male per l'insensato Achab era visibilmente personificato in Moby Dick. Lui accumulava sulla gobba bianca della balena la somma di tutta l'ira e di tutto l'odio provati dall'intera sua razza dal tempo di Adamo, e poi, come se il suo petto fosse un mortaio, le sparava addosso la bomba del suo cuore bruciante» risponde Svein, citando a memoria *Moby Dick* di Herman Melville.

Ci giriamo a guardarlo sorpresi, poi Jorg si alza in piedi sulla sedia, solleva un braccio e recita: «Dopo ripetuti e intrepidi attacchi, la Balena Bianca era scampata viva e non dobbiamo stupirci se certi balenieri andavano ancor oltre le loro superstizioni e affermavano che Moby Dick non soltanto possedeva l'ubiquità ma era immortale (perché l'immortalità è soltanto l'ubiquità nel tempo): che sebbene selve di lance gli venissero piantate nei fianchi, lui si sarebbe sempre allontanato incolume, e che se davvero fosse mai ridotto a sfiatare sangue denso, un tale spettacolo sarebbe stato soltanto una spettrale illusione, poiché di nuovo in flutti incruenti, migliaia di leghe lontano, si sarebbe pur sempre intravisto il suo spruzzo immacolato» conclude, citando un altro brano.

Noi quattro applaudiamo entusiaste dall'accorata interpretazione.

«Come mai conoscete il libro a memoria?» chiedo, incuriosita.

«Lo leggevamo d'estate, quando passavamo le vacanze insieme» risponde Jorg.

«Vi ricordate la balena che due anni fa risalì per quaranta miglia il Tamigi?» chiede Åsa.

«No, poveraccia. Si doveva essere persa» risponde Marta.

«Così hanno pensato gli esperti. Comunque loro comunicano tramite dei suoni che emettono, come un canto, dalla bocca. Sembra che all'estuario ne avessero avvistata un'altra, ma la prima era andata troppo avanti per riuscire a ritrovare la strada per il mare aperto.»

«Che storia triste. È morta?»

«Purtoppo sì: quando sono arrivati i soccorritori e l'hanno issata a bordo della chiatta per portarla verso un'area al largo della costa settrionale del Kent, dove l'avrebbero liberata in mare, non ce l'ha fatta.»

«Che buffa coincidenza, parlare di questo argomento adesso. Non vi ho detto che dopodomani parteciperò a una spedizione con Greenpeace proprio contro la caccia alle balene» dice Eric. Ci giriamo a guardarlo.

«E quando ce l'avresti detto?» chiede Åsa.

«Non è capitato.»

«Vengo con te» dice Marta, d'impulso. Adesso ci giriamo a guardare la nostra amica.

«Marta!» esclamo.

«Cosa ho detto di male? Hai sentito tutte quelle cose orrende su di loro? Bisogna fare qualcosa, non si può solo rimanere seduti a parlarne. Voglio sentirmi protagonista e contribuire a fare qualcosa di buono. Sarebbe un bel gesto, non credi?»

Rimango senza parole, ma l'effetto sul viso di Eric è immediato: un largo sorriso divertito e ammirato gli si dipinge in volto. Neanche se l'avessimo organizzata sarebbe venuta meglio di così!

«Non è possibile.»

«Perché?» chiede Svein.

«L'equipaggio è già formato e non si può salire a bordo all'ultimo minuto. Ma apprezzo molto il gesto, Marta, sei molto carina ad averlo pensato» dice rivolgendole un ulteriore sorriso che stenderebbe anche la più insensibile delle donne.

Marta arrossisce violentemente.

Svein mi lancia un'occhiata molto significativa, ma io lo ignoro e mi concentro sulla mia amica.

«Secondo me c'è qualcosa che puoi fare. Domani mattina puoi chiamare il tuo contatto e chiedergli se può aggiungersi una persona.»

Io, Sara e Giò ci guardiamo.

«Da sola non la lasciamo. Se parte lei, veniamo anche noi» diciamo in coro.

Eric scoppia a ridere e batte una mano sul tavolo.

«Svein, non mi avevi detto che le tue amiche erano così pazze! Ci provo, ragazze, ma non ci contate.»

Annuiamo e sento lo stomaco in subbuglio: e se per caso dovessero accettare, come facciamo a partire veramente? Guardo il viso esaltato di Marta e scuoto la testa: cosa non si fa per le amiche!

È inutile correre troppo, non c'è alcuna possibilità che la spedizione accetti degli estranei, e se poi dovesse veramente andare in porto, ci inventeremo qualche scusa. In fondo il nostro scopo l'abbiamo ottenuto, Eric si è finalmente accorto di Marta.

Eppure sarebbe veramente un'esperienza magnifica poter partecipare a una spedizione del genere, ha ragione Marta; serve un gesto nobile, qualcosa di concreto. In genere ci si accanisce contro le ingiustizie, ma alla fine non si fa niente di tangibile per esprimere realmente il proprio dissenso, e questa sarebbe, invece, una grande opportunità.

Dopo aver salutato gli altri mi butto sul letto e provo ad addormentarmi, ma sono troppo eccitata per riuscire a prendere sonno. Mi giro nel letto che cigola sotto il mio peso. Mio dio, quant'è duro, ma di cosa è fatto, sassi?, penso, tastando il materasso. Infilo la testa sotto il lenzuolo e mi appisolo. Un fischio improvviso mi fa spalancare gli occhi e impiego qualche secondo per capire che qualcuno sta russando. Mi giro dall'altra parte e metto la testa sotto al cuscino. Il rumore adesso si è fatto simile a quello di una pentola a pressione sul punto di scoppiare. Devo distrarmi, devo pensare a qualcosa di rilassante, tipo la risacca del mare. Esatto, questa potrebbe funzionare.

«E basta un po'!» sento urlare, da lontano.

Sobbalzo di nuovo, con il cuore che batte veloce: allora non sono la sola a non riuscire a dormire con tutti questi rumori. Apro gli occhi nel buio, mi giro a guardare il letto di fianco, dove Marta invece dorme beatamente; e provo a chiudere nuovamente gli occhi. Un leggero movimento mi distoglie ancora una volta dal sonno: socchiudo di nuovo le palpebre e un forte peto mi fa scattare in piedi disgustata. Non posso credere che esista certa gente!

«Ma insomma, che diavolo di posto è questo?» borbotto indignata a bassa voce.

«Cosa c'è?» chiede Sara, affacciandosi dal letto di sopra.

«Non hai sentito? Dio, che schifo, come fate tutti quanti a non accorgervi di niente?»

«Non ci fare caso, infilati sotto il lenzuolo e immagina di essere a casa tua.»

Pare facile, penso, ormai completamente sveglia. Fisso la camerata cercando di individuare il responsabile di un tale gesto, ma ora tutto tace e niente si muove; spero che almeno il colpevole si stia vergognando.

Scendo dal letto, mi infilo i pantaloni, la felpa, le scarpe ed esco sul balcone. Finalmente un po' di aria fresca. Come fanno le mie amiche a dormire profondamente? Un movimento sottostante mi fa trattenere il fiato e intravedo delle sagome muoversi velocemente. Aguzzo la vista e riconosco Åsa con Jorg; sono seminascosti da un albero, ma la luce della luna fa intravedere le gambe lunghe di lei. Provo a carpire qualche frase, ma stanno parlando sottovoce e in norvegese. Mi sporgo mentre lei si alza in piedi e si spoglia, rimanendo nuda. Mi premo la bocca con le mani per la sorpresa e il mio cuore comincia a correre più velocemente. Dovrei smettere di spiarli ma i miei occhi non riescono a staccarsi da quella pelle così bianca e levigata come l'avorio. Si muove come se stesse seguendo una musica tutta sua e percepisco Jorg ridacchiare e dire qualche parola sommessa. Lei alza gli occhi al cielo e io indietreggio per paura di essere vista. Ma sono nell'ombra, da questa posizione è impossibile scorgermi, così torno a sbirciare e la vista mi si appanna: adesso anche Jorg si è spogliato e balla e si muove insieme a lei. Arrossisco e mi giro dall'altra parte giusto in tempo per trovarmi di fronte Svein.

«Non riuscivi a dormire?» mi chiede, ignaro di tutto.

Oddio, fa' che non si avvicini, fa' che non voglia vedere anche lui; se scopre cosa stavo osservando penserà che sono una guardona.

«Avevo bisogno di aria fresca, dentro non si può stare. Troppi rumori, non sono abituata a dormire in posti del genere.»

Svein muove qualche passo verso il davanzale, ma gli sbarro la strada; lui mi guarda sorpreso.

«Penso che sia meglio se rientro» continuo.

«Aspetta, fammi compagnia. È passato il sonno anche a me.»

«Sediamoci a terra» rispondo, guardandolo speranzosa.

Sta per lasciarsi convincere quando un leggero gridolino attira la sua attenzione. Sconfitta, lascio che si affacci dal parapetto a guardare di sotto.

«Cos'è stato?» chiedo, fingendomi sorpresa.

«Niente di speciale, mia cugina e Jorg ballano sul prato ubriachi. Niente di nuovo.»

Ed è normale che lo facciano nudi?

Mi siedo a terra poggiandomi al muro.

«Åsa è una ragazza strana.»

«Parecchio, direi. Ma non ti fare intimidire dai suoi modi, è tutta scena. In realtà è una persona molto sensibile e intelligente. Solo che in mezzo agli altri diventa aggressiva.»

«Ha una storia con il tuo amico?»

«Jorg, intendi? No, figurati; oddio, con lei non puoi metterci la mano sul fuoco, ma so che è innamorata di

Hans, anche se non lo ammetterà mai, è chiaro a tutti meno che a lui. Il problema di Åsa è che non riesce a essere fedele, passa da una storia all'altra con la stessa velocità con cui si beve un bicchiere d'acqua. E tra parentesi, a lei piacciono anche le ragazze.»

Non l'avrei detto, non mi è sembrato avesse mostrato una particolare attenzione verso di noi; ma forse non siamo il suo genere.

«Invece cosa mi dici della tua amica Marta? Mi è sembrato di notare un certo interesse verso Eric.»

«Tu dici? Non ci ho fatto caso. E poi, se anche fosse, ci sarebbe qualche problema? È forse fidanzato?»

«Libero come il vento.»

«Pericoloso, allora?»

«Direi proprio di no.»

«Qualche lato negativo?»

«Ci stai facendo un pensierino?»

Mi scappa da ridere; per essere bello è bello, ma anche volendo non credo che avrei qualche chance.

«Non mi hai risposto» dico.

«È un animale solitario» risponde, enigmatico.

Annuisco, non sapendo se interpretarla come una bella notizia.

«Veramente andreste con Eric e la spedizione di Greenpeace?»

«È strano?»

«Non mi sembrate ragazze che partono senza essersi prima organizzate. I vostri genitori cosa direbbero? Queste spedizioni a volte possono essere pericolose.»

Ai miei non avevo proprio pensato.

«Cosa potrebbe mai accadere?»

«Si potrebbe rompere l'imbarcazione, la baleniera potrebbe provare a intimidirvi speronandovi, potreste cadere in acqua, vomitare per il mal di mare. Non sarebbe certo una crociera, e non so se avete preso in considerazione il fatto di dove andreste a dormire. Certo non in una cabina con tutti i comfort; se già qui con il solo russare pensi sia difficile passare la notte, immaginati in mezzo al mare, con pioggia e gelo.»

Mentre descrive le eventuali possibilità, mi si apre davanti una visione apocalittica, con noi in un angolo della barca bagnate fradice, completamente congelate e piegate in due per i conati di vomito.

«Tanto Eric ha detto che non ci sono grandi probabilità che accettino.»

Svein mi sorride e rimaniamo in silenzio a guardare le stelle. Quando torniamo ai rispettivi letti sono già le quattro passate. Il concerto di fiati che mi accoglie appena varco la soglia della finestra mi lascia interdetta, ma non ho la forza di indignarmi, così poggio la testa sul cuscino e stacco la spina.

12

La mattina dopo alle otto sono già fuori dal letto: neanche dovessi andare a scuola, penso, trascinandomi in bagno con Marta. Ho la testa pesante e le ossa indolenzite. Dopo una rapida doccia, torniamo nella stanza e troviamo le altre già pronte per uscire. Mentre scendiamo per la colazione gli racconto di Åsa e Jorg e loro si sbellicano dalle risate, immaginando la scena. Di sotto troviamo solo Svein.

«Mi sono informato per le canoe, possiamo noleggiarle per mezza giornata; gli altri ci aspettano al molo tra mezz'ora. Stamattina si sono alzati presto e sono andanti a fare un giro in bici.»

Come hanno fatto ad alzarsi all'alba e sentirsi tanto attivi? Pigramente mi siedo e afferro un fetta di pane, ci spalmo sopra burro e marmellata. In silenzio mastico e mi guardo intorno; la sala è piena di gente, ci sono quasi tutti quelli della camerata. Cerco di capire chi potrebbe essere il colpevole dei misfatti della notte precedente, e sono indecisa tra un signore con una pancia pronunciata e un ragazzino con la faccia dispettosa; a volte però l'apparenza inganna, magari è quella ragazza magrolina con i capelli a caschetto, ma non può essere, certe schifezze le fanno solo gli uomini. Finito di mangiare, chiamo i miei e gli racconto dove stiamo e come stanno andando le cose, ma ometto l'idea folle di Greenpeace. Non resistendo alla tentazione, chiedo a mia madre se per caso Marco si è fatto sentire e la risposta negativa mi lascia delusa. Ho come la sensazione che stia succedendo qualcosa, è strano che non mi abbia chiamato: deve esserci rimasto proprio male della mia partenza. Provo a cercarlo, ma il cellulare è staccato così gli mando un SMS per chiedergli come sta e cosa sta facendo.

La giornata passa velocemente; dopo il giro in canoa, durante il quale costeggiamo tutto il fiordo arrivando fino all'insenatura che si trova dal lato opposto, ci fermiamo ad ammirare una cascata e un piccolo porticciolo. Alle tre siamo di nuovo a Bergen, e Svein ci propone di andare a dormire da lui; dopo essere passate all'ostello per ritirare gli zaini ci avviamo verso casa sua.

«Possibile che non si sappia ancora niente?» chiede Marta in apprensione.

«Eric aveva detto che era molto difficile» rispondo.

«Ma se partiamo domattina dobbiamo saperlo in tempo per prepararci.»

«Ascolta, Marta, penso che in ogni caso non sia possibile: ti rendi conto dei rischi che potremmo correre? Svein mi ha descritto solo una parte delle cose che potrebbero capitarci.»

«Non voglio perdermi una simile esperienza, Vale. E poi, hai visto quant'è carino Eric? Ieri sera mentre parlava mi sono sentita sconvolgere dentro, come se si fossero aperti gli argini. Credo di essermi innamorata» conclude.

Questo si era già capito!

«Che bisogno c'è di seguirlo in questa storia?»

«Possibile che non capisci? Sono due cose separate,

se in quella spedizione ci fosse stato Jorg mi sarei proposta ugualmente.»

«Non ci credo.»

«Okay, ammetto che l'idea di passare qualche giorno con Eric mi abbia allettato molto. A ogni modo, Vale, non c'è bisogno che veniate anche voi, posso farcela da sola. Capisco le tue perplessità, non voglio sentirmi responsabile delle mie idee strampalate.»

«Non se ne parla, da sola non ti lascio. Se proprio dobbiamo partire, andiamo tutte e quattro. Sara e Giò la pensano allo stesso modo.»

Lei mi abbraccia di slancio.

«Ti ricordi tutti i discorsi fatti ultimamente? Be', da quando ho visto Eric per la prima volta ho capito che mi stava per succedere qualcosa; non riesco a spiegartelo bene, ma è come se ogni fibra del mio corpo avesse ripreso a respirare di nuovo, come se mi fossi svegliata da un lungo letargo. La mattina successiva mi sono alzata con una voglia di fare, con un'energia che non sentivo da quando stavo con Giacomo. È incredibile come le cose accadano senza che riusciamo a controllarle: è il nostro cervello a decidere quando è il momento di girare definitivamente pagina. Ecco, adesso posso dirti che mi sento di aver veramente chiuso la mia storia con Giacomo e sono così felice che all'improvviso mi sembra di vedere tutto con occhi nuovi. Anche i colori, la luce sembrano diversi, non è strano tutto ciò?»

Guardo il suo viso radioso e mi scappa un sorriso: era tempo che tornasse quella di prima.

Camminiamo a fianco e continuiamo a parlare finché non arriviamo a casa di Svein. Appena entrati ci fa vedere la camera dove dormiremo, e poi andiamo nel soggiorno e ci sistemiamo sul tappeto davanti al camino. Abbiamo deciso di mangiare a casa e poi di uscire e raggiungere gli altri; si unisce anche Hans, e dopo un'ora siamo ancora comodamente rilassati a parlare del nostro viaggio. Appena gli raccontiamo dell'idea di unirci alla spedizione di Greepeace, ci guarda scettico: lui pensa che sia impossibile andare. E poco dopo la notizia arriva ufficialmente: la spedizione è al completo e non ci sono posti sulla barca. Da un lato mi sento sollevata nell'apprenderlo, ma dall'altra cominciavo ad abituarmi all'idea di intraprendere un'avventura del genere. Già mi vedevo con le altre ragazze sul gommone intimando alla baleniera di lasciare andare il cetaceo, magari lanciandomi su di lui, per evitare che venisse issato sul ponte.

«Mi dispiace» dice Svein.

«A chi lo dici» risponde Marta, tornata improvvisamente triste.

Il silenzio cala nella stanza. Lentamente mi alzo e vado nella nostra camera; quando torno vedo il nostro amico che parla a bassa voce con Jorg. Ovviamente non riesco a capire neanche una parola.

Torno a sedere vicino alle mie amiche e mi rimetto a fissare i loro volti; il tempo passa senza che nessuna di noi abbia voglia di fare niente, questa notizia ci ha lasciato senza nessuna voglia di muoversi.

«Dobbiamo uscire un momento» dice Svein, lasciandoci da sole.

«Cosa vogliamo fare domani?» azzardo timidamente: in fondo mancano solo tre giorni alla fine della vacanza perché il quarto lo perderemo in parte per il viaggio.

«Decidete voi, per me va bene tutto.»

«Dài, Marta, non fare così. Lo sapevi dall'inizio che era un'impresa impossibile.»

«Lo so, ma ci ho sperato. Posso essere un po' triste?»

Annuiamo tutte e tre.

«Potremmo comunque fare una gita per l'avvistamento delle balene» propone Sara.

«Hai ragione, non sarebbe per niente male come

idea. Potremmo informarci domani mattina presso qualche agenzia.»

Marta annuisce, continuando a rimanere in silenzio.

«Così non vedrò più Eric.»

Non sappiamo cosa rispondere.

«Puoi sempre tornare a trovarlo» risponde Giò, ma sappiamo tutti che non è una strada percorribile.

«Magari potrebbe venire con Svein a Roma» continua Sara. Non oso dirgli che quest'anno il nostro amico andrà a Londra.

«Non mi sembra il tipo. Hai sentito che lavoro fa? Il suo posto è tra i ghiacciai.»

«Come fai a dirlo? Magari domani gli offrono un lavoro nel Mediterraneo, vicino alle nostre coste, e ce lo ritroviamo proprio a casa nostra» insiste Sara.

«È vero, se ci pensi anche da noi esistono molte ricerche che vengono effettuate per mare. Nelle Bocche di Bonifacio, tra la Corsica e la Sardegna, c'è un enorme passaggio di pesci, anche delfini, squali e balene» dico.

«Eric non è un biologo» risponde Sara.

Giusto!

«Grazie, ragazze, ma tanto sappiamo tutte quante che non lo rivedrò mai più. Quella della barca era solo una scusa per prolungare questa mia illusione.»

«Hai sentito Mirko?» chiedo a Sara per cambiare discorso.

«Stavo per chiederti la stessa cosa. Da quando è tornato ha smesso di cercarmi, non vorrei fosse successo qualcosa.»

«Se così fosse l'avrei saputo dai miei; ieri invece non mi hanno detto niente.»

«Secondo me sono arrabbiati perché siete partite senza dirglielo» dice Giò.

«Lo credo anch'io» rispondo.

«E non vuoi fare niente?» chiede ancora Sara.

«Ho provato a chiamarlo, gli ho anche mandato un

SMS stamattina, ma non mi ha risposto; penso che a questo punto l'unica cosa da fare sia affrontare la situazione al rientro. Mi rifiuto di sentirmi in colpa per non averlo messo al corrente; non dopo lo scherzetto della barca a vela.»

«Vedo che il viaggio ti sta facendo bene.»

«Cosa intendi?» chiedo rivolta a Marta.

«Hai smesso di essere dipendente da mio fratello.»

Sto per rispondere acida, ma mi trattengo, non ho voglia di litigare, e poi un pizzico di ragione ce l'ha anche lei.

Ci stiamo ancora trastullando davanti al camino quando Svein ci chiama: dice di raggiungerlo al porto. Anche se di malavoglia ci vestiamo di nuovo, e poco dopo lo raggiungiamo dove ci sta aspettando.

«Lui è Arai, il fratello di Hans. Fa il pescatore.»

Lo salutiamo calorosamente.

«Sarebbe disposto a portarvi con la sua barca dove si trova quella di Greenpeace.»

Spalanchiamo gli occhi costernate.

«In che senso?» chiedo.

«Svein mi ha detto che volevate partecipare alla spedizione contro la caccia alle balene: dato che domani sono in mare con un paio di marinai e andremo a pescare proprio vicino a quella zona, posso portarvi con me.»

Guardo le altre e la sorpresa è ancora dipinta sul loro viso.

«Sarebbe fantastico! Veramente faresti una cosa del genere?» chiede Marta.

«In realtà è una follia, lo so perfettamente, ma sia Svein che mio fratello hanno insistito talmente tanto che alla fine ho accettato. A un patto, però.»

«Quale?» chiede Marta.

«Che darete una mano con le reti quando pescheremo.»

Arriccio il naso involontariamente: non posso pensare di dover stare così vicino a tutto quel pesce e doverlo anche prendere con le mani. Sto per dire che non posso farcela, ma Marta mi precede.

«Non c'è problema, tutto quello che vuoi, non è vero, ragazze?»

Guardo il viso esterrefatto delle altre e capisco che nutrono le mie stesse perplessità.

«È un lavoro semplice. Vedo dalle vostre facce che siete dubbiose. Non è un lavoro faticoso, per quello ho i marinai» risponde, divertito dalle nostre espressioni.

Mi giro verso Svein.

«Verresti anche tu?» chiedo, disperata.

«Non posso, ma vi lascio in buone mani. Arai è una persona affidabile, e poi ci sarà anche Hans, giusto?»

«Certo.»

«Vi prego» insiste Marta, guardandoci implorante.

Nessuna di noi ha il coraggio di dire niente: come faccio a dirle che non voglio andare? Che l'idea di passare tutte quelle ore su un peschereccio mi terrorizza solo al pensiero?

Trascino via le mie amiche prima che possano dire qualcosa.

«Qual è il problema?» chiede Marta, appena siamo sole.

«Mi sembra una decisione affrettata; insomma, dovremmo andare per mare con dei perfetti sconosciuti» dice Giò.

«Hai paura possa succederci qualcosa?»

«Svein lo conosciamo bene, ma Hans non molto, e poi chi sono questi marinai? E se mentre siamo fuori ci saltano addosso?»

«Giò, ma cosa dici? Svein li conosce da una vita e non ci manderebbe mai allo sbaraglio.»

«Quanti giorni durerebbe tutto questo?» chiede Sara.

Marta si allontana, si informa da Arai e poi torna con la risposta.

«Due giorni!» esclama Giò esterrefatta.

«Due giorni non sono pochi; e se mentre siamo fuori il mare si ingrossa?» chiedo.

«Immagino che siano degli esperti, non penso rischierebbero mai di metterci in pericolo. Se dovesse cambiare il tempo, torneremo indietro. E poi scusa, ma non capisco: in barca con Greenpeace non avremmo potuto incorrere nelle stesse situazioni?»

«Sì, certo che sì. Ma qui mi sembra più azzardato. Il mare è pericoloso e cadere tra le acque ghiacciate non deve essere proprio una passeggiata. E poi non volevi farlo per stare anche con Eric? In questo modo neanche lo vedi.»

Guardiamo Marta, che accusa il colpo e poi sbotta urlando.

«Insomma, quanto siete lagnose, solo pensieri negativi. Ditelo, allora, che mi state boicottando l'iniziativa. Invece che entusiasmarvi perché finalmente abbiamo l'opportunità di fare qualcosa di eccitante, eccovi qui, tutte e tre a fare le fifone e pensare al peggio. Non vi sopporto quando fate così!»

Rimaniamo ammutolite: non aveva mai avuto una reazione così esagerata.

«Marta» provo a dire toccandole un braccio.

«Io vado, voi fate come volete» dice ignorandomi, e se ne torna verso la banchina.

Ho come la sensazione che ci stiamo per mettere in un grosso guaio. Eppure da un lato sento un brivido d'eccitazione all'idea di partire con un peschereccio e solcare le onde del Mare del Nord. Neanche nei sogni più audaci avrei mai pensato di trovarmi di fronte a un opportunità del genere. In più non abbiamo messo in conto che dovremmo partire lasciando i genitori all'oscuro di tutto; scuoto la testa, è una follia, se decidiamo di farla siamo delle pazze. Vorrei chiamare Marco e consigliarmi con lui, ma il cellulare risulta ancora staccato. Svein si avvicina e ci chiede cosa abbiamo deciso, e gli esponiamo le nostre perplessità. Proviamo a insistere perché venga con noi, dicendogli che ci sentiremmo molto più sicure con lui presente. Ci tranquillizza rispondendo che conosce Hans e il fratello da quando sono nati e che il suo amico pescatore gli ha sempre fatto da fratello maggiore; anzi, erano loro due quelli che combinavano maggiori guai, e ogni volta Arai li tirava fuori dai casini per evitare che i genitori venissero a saperlo.

«Secondo te è una follia?» chiede Sara.

«Come lo sarebbe stato andare con Greenpeace. Qui almeno stareste sotto l'ala protettiva di Arai, e poi farete un'esperienza indimenticabile. Magari riuscite a incontrare qualche capodoglio; e comunque la pesca in sé ha il suo fascino. L'unica cosa che vi consiglio è di partire attrezzate.»

«Cosa vuoi dire?»

«Vi bagnerete completamente. Dovete noleggiare stivali di gomma e cerate per la pioggia. Qui da noi il tempo cambia velocemente e in mare può essere molto sgradevole.»

«Non so se ce la posso fare» dico.

«Neanch'io» risponde Giò.

«Io, invece, penso che accetterò.»

«Ma Sara...»

«Andiamo, ragazze, sarà un'esperienza fantastica. Non ci capiterà mai più nella vita. Magari arriviamo anche dove cominciano i ghiacciai.»

«Quella la vedo difficile» dice Svein.

«E poi andremo a salvare le balene» continua infervorata.

Noi due rimaniamo in silenzio mentre Svein si allontana per salutare alcuni amici. Un parte di me è fortemente tentata, ma quella più paurosa è terrorizzata all'idea di un viaggio del genere; mi passano davanti tutte le immagini più catastrofiche.

«E se in mare il cellulare non prende, come faccio con mio padre?» chiede Giò, mentre sento che le difese si stanno piano piano sgretolando.

«Potremmo chiamarli stasera e avvertirli che domani dormiremo in una fattoria dove non c'è campo.»

«È forzata come scusa, ma può funzionare» risponde Giò, che comincia anche lei a sciogliere le prime riserve. Alla fine, dopo un'altra mezz'ora di discussione, decidiamo tutte per il sì e andiamo a cercare Marta; la troviamo vicino al peschereccio che dovrebbe portarci in mare.

Avvertiamo Arai, e tutte contente ci avviamo al negozio dell'amico di Svein in cerca dell'abbigliamento adatto. Usciamo da lì con tutto il necessario, compresi pantaloni impermeabili, guanti di gomma e sacchi a pelo per la notte. Quando raggiungiamo il resto del gruppo, la nostra euforia non si contiene almeno fino a quando Eric non prova a smorzarla. Non appena viene a conoscenza della notizia si inalbera, e noi rimaniamo sorprese per quell'atteggiamento tanto ostile. Di fronte alle nostre giustificazioni troviamo un muro alto dieci metri. Pensa che è insensato partire e seguirli o raggiungerli sul posto; potrebbe succedere qualche incidente tra le due barche durante la parte più dura della protesta. Hans spiega che non c'è nessun rischio e che comunque il mare è uno spazio libero, e nessuno può impedire all'altro di transitarvi.

«Quando vedranno la vostra imbarcazione se la prenderanno con me.»

«Se vuoi, facciamo finta di non conoscerti» risponde Sara piccata.

Lui la incenerisce con lo sguardo.

«Non è uno scherzo. Lì sopra c'è gente che ci lavora da anni e la tensione è sempre alle stelle. Ogni ostacolo può compromettere il buon esito dell'operazione. Non vogliamo che qualcuno si faccia male; voi siete ragazze inesperte e questo può causare molte complicazioni. Mi meraviglio di te, Hans.»

«Promettiamo di starcene in disparte, vero, Marta?» chiedo, cercando di smorzare i torni.

«Assolutamente sì» risponde con aria angelica.

Certo che quando vuole ottenere qualcosa è veramente una grande attrice!

«Okay, allora in bocca al lupo» dice alzandosi dal tavolino.

«Già te ne vai?» chiede Marta.

«Devo finire i preparativi, i prossimi giorni saranno impegnativi.»

Ci saluta ancora una volta e Marta lo segue finché non scompare in una viuzza. Dopo un'ora siamo anche noi a letto cercando di prendere sonno. Ho chiamato i miei e per fortuna mi sono sembrati molto tranquilli. Ho detto che se funziona il telefono della fattoria li chiamo da lì, altrimenti lo farò al mio ritorno. Mentre li saluto mi sento in colpa per le bugie; non se lo meritano, ma è pur vero che una storia del genere non posso andare certo a raccontargliela. Prenderebbero subito l'aereo per riportarmi a casa senza pensarci un momento. Guardo il cellulare, ma niente, di Marco nessuna notizia, sto cominciando a sentirne la mancanza. Mi addormento con il suo viso che mi sorride e quando mi sento strattonare per la spalla mi sembra di aver appena poggiato la testa sul cuscino.

«È ora» dice Marta, già vestita.

Ha per caso passato la notte in bianco? Ma che dico, saranno trascorse tre ore al massimo.

Mi alzo e mi butto dell'acqua fredda sul viso per svegliarmi; rabbrividisco e dopo la doccia mi vesto in fretta senza guardarmi neanche allo specchio. Sarò uno zombie, ma tanto chi devo vedere a quest'ora? Un paio di marinai? Usciamo da casa di Svein che la luce è già forte, non senza avergli lasciato un biglietto in cui lo ringraziamo e gli diamo appuntamento al rientro. Percorriamo le strade già illuminate dalla luce del sole, e quando arriviamo in prossimità del porto mi sorge un dubbio, non abbiamo comprato niente da mangiare. Che stupide, oltre a qualcosa per la colazione dovevamo organizzarci pure per il pranzo e la cena. Avverto le mie amiche e dico loro che è meglio se prendo in prestito qualcosa da casa di Svein, così le lascio proseguire da sole e torno indietro. Stranamente lo trovo sveglio.

«Scusa, è colpa nostra? Ti abbiamo svegliato?» dico, entrando con le chiavi che ci ha dato in prestito.

Svein spegne il cell proprio in quel momento. A chi stava telefonando alle tre e mezzo del mattino?

Mi dà una mano a prendere qualcosa da mangiare e poi ci salutiamo di fretta, non ho il tempo di indagare, e mi riprometto di chiederglielo al nostro ritorno. Arrivo trafelata al molo dove trovo le mie amiche sedute su delle balle di rete, mentre Arai, Hans e i due marinai caricano a bordo tutto il necessario. L'aria è fredda e una forte nebbia nasconde completamente il porto e l'area circostante. Ripenso a quello che mi sono portata, per essere sicura di aver preso le maglie pesanti e un paio di pantaloni lunghi per il cambio. Per fortuna la giacca a vento che indosso è bella calda e il cappello di lana che all'ultimo momento mia madre mi ha infilato nello zaino si sta rivelando molto più utile di quello che pensavo. Giò sbadiglia e io le vado dietro; sento gli occhi che mi bruciano per la stanchezza, spero proprio di poter dormire qualche ora sulla barca. La osservo di nascosto, sembra vecchia e malandata: ha un argano nella poppa e la zona di pilotaggio è all'interno di una piccola cabina. Immagino che la parte in cui si dorme sia nella parte inferiore, anche se intravedo dei piccolissimi oblò al centro dell'imbarcazione. L'aspetto non è certo elegante, direi che è larga e bassa, ma sembra solida. Appena sono state caricate anche le reti e i contenitori per i pesci, ci fanno salire a bordo e ci mostrano la barca e la cabina dove dormiremo. Ci sono quattro posti letto a castello che ricordano vagamente quelli di un treno. Come immaginavo, alla nostra corrisponde un piccolo oblò da cui si vede solo il mare. Mi muovo irrequieta in quello spazio angusto e penso che se mai dovesse succedere qualcosa in un posto del genere uno non potrebbe mai uscirne vivo, e la piccola finestra non sarebbe certo una via d'uscita. Poggio il mio zaino su uno dei letti e vado a controllare il bagno. Deglutisco a fatica: c'è solo il water e un minuscolo lavandino che hanno vissuto momenti migliori. Esco consapevole del fatto che non andrò in bagno per tutto il tempo che trascorreremo su questo mezzo galleggiante. Ma chi me l'ha fatto fare, penso avvilita.

Ci viene a cercare Hans e insieme andiamo nella dinette, cioè nella zona dove c'è un microscopico fornelletto da cucina e un tavolo fissato a terra con dei sedili che girano tutt'intorno e che fungono anche da salotto. Più avanti intravedo un'altra cabina e mi chiedo se è lì che dormiranno gli altri marinai.

Sento un trambusto sul ponte, così salgo le scalette ed esco fuori.

«Siamo pronti per partire, sono arrivati gli ultimi due passeggeri» dice Arai.

Non sapevo ci fossero anche altre persone, penso agitata. Mi giro incuriosita e faccio appena in tempo a vedere due tizi con i cappucci alzati che lanciano uno zaino e salgono in fretta sulla barca svanendo di sotto; vorrei seguirli per sapere chi sono e perché sono qui. Dall'abbigliamento non sembravano marinai, eppure ieri hanno detto che oltre a noi e Hans non ci sarebbe stato nessun altro. Forse, alla fine, Arai ha dato un passaggio a un paio di amici suoi.

La barca si stacca lentamente dalla banchina e rimango a fissare il porto che si allontana velocemente. Ormai è fatta, non si può più tornare indietro. Aiuto a togliere i parabordi e insieme alle altre scendo sotto coperta. Appena fatto l'ultimo gradino rimango sconvolta dalla sorpresa.

«Marco!» urlo.

«Mirko!» mi segue Sara.

In un battito d'ali sono tra le sue braccia.

13

«Cosa diavolo ci fate qui?» chiediamo tutte e quattro in coro.

Loro ci guardano divertiti e si siedono sugli sgabelli.

«Abbiamo pensato che qualunque cosa stesse facendo, valesse la pena esserci.»

Non capisco, come hanno fatto a sapere dove ci trovavamo? E cosa ancora più curiosa, come hanno scoperto che eravamo in procinto di prendere questo peschereccio?

«Siamo stati bravi, eh? Diciamo che un uccellino ha deciso di cantare» dice Mirko, enigmatico.

«I nostri genitori?» chiede Marta.

«Da loro abbiamo saputo che eravate partite per la Norvegia.»

«E...»

«Non possiamo svelarvi le nostre fonti» risponde Marco.

L'osservo meglio: è molto più carino di come me lo ricordavo, forse per l'abbronzatura o i capelli più lunghi. Non so bene cosa sia, comunque vorrei saltargli addosso di nuovo e riempirlo di baci.

«Giorgio» dice Giò dopo un momento di silenzio.

«E Svein» aggiungo. Adesso capisco con chi stava parlando al telefono in piena notte.

«Quando siete arrivati?» chiede Sara, visibilmente contenta.

«Ieri pomeriggio.»

«Come mai avete aspettato fino a stamattina per venirci a cercare?»

«Era divertente l'idea di incontrarci direttamente sulla barca, o no?»

E io che pensavo fosse arrabbiato.

«Potevamo anche non volervi» insiste Sara, cercando di contenere la gioia.

«Valeva la pena rischiare. Al massimo ci saremmo fatti qualche giorno a Bergen, nessuno di noi l'aveva mai vista. È carina» risponde Mirko.

Sono ancora confusa, non posso credere che abbiano fatto tutta questa strada per noi. Incrocio gli occhi di Marco e abbasso lo sguardo, imbarazzata. È bello rivedersi dopo tanto tempo, capisci cosa veramente conta.

«Sono contenta che tu sia qui» gli sussurro all'orecchio.

Marco mi abbraccia forte e le lacrime mi salgono veloci; possibile che mi venga da piangere ogni volta che lo vedo?

Mi giro a guardare Sara e la trovo rigida vicino al tavolo. Afferro Marco per la mano e lo trascino via, non prima però di aver lanciato uno sguardo significativo a Marta, che esce con Giò lasciando gli altri due da soli.

«Questa è la sorpresa più bella che potevi farmi.»

«Ho sperato fosse così. Quando l'altro giorno hai detto Bergen, mi è sembrato strano che avessi nominato proprio la città dove viveva il vostro amico; così ne ho parlato con Mirko e abbiamo cominciato a indagare, finché Giorgio non ha ammesso che eravate proprio da Svein. Perché non mi hai detto che partivi?» chiede Marco mentre siamo seduti sul mio letto.

«Volevo vendicarmi del fatto che te n'eri andato via per due settimane. Ammetto di essere stata un pochino infantile, ma ci ero rimasta proprio male. E ti è andata bene, se non mi fossi tradita e non ci fossero stati di mezzo i tuoi, non avresti saputo niente di niente.»

Marco ridacchia e mi bacia il collo.

«L'ho detto che sei diventata pericolosa.»

«Esatto, quindi stai attento a quello che fai» rispondo, baciandolo sulla guancia.

«Raccontami dove stiamo andando.»

Dunque Svein non li ha messi al corrente della nostra spedizione, penso divertita.

«Come siete riuscite a convincere questi pescatori a prendervi a bordo?» chiede, dopo aver conosciuto l'intera storia.

«Il capitano è il fratello di Hans. L'unica richiesta che ci ha fatto è stata quella di aiutarli durante la pesca.»

«A raccogliere il pesce?»

«Sì, spero ti sia portato qualcosa di impermeabile.»

Il suo sguardo è eloquente.

«Non ti preoccupare, possiamo chiedere a Hans se vi presta qualcosa.»

Rimaniamo abbracciati per un'altra mezz'ora, poi andiamo alla ricerca degli altri, che troviamo sul ponte a guardare il mare aperto.

La giornata sembra bella, adesso la nebbia si è diradata e un debole sole comincia a riscaldare. Chiacchieriamo con Arai e Hans e ci informiamo sulla rotta e sulla destinazione che stiamo seguendo. Dobbiamo arrivare in prossimità di Tromsø, che è al nord della Norvegia; sembra che le baleniere vadano a cacciare nella nordland all'interno dei Santuari, cioè nelle aree protette dove è severamente vietato pescare.

«Allora arriveremo vicino al circolo polare artico. Siamo sicuri che non farà troppo freddo?» chiede Mirko, una volta rimasti soli.

«Svein ha detto che la temperatura oscilla tra i venticinque e i dodici gradi» rispondo.

«Pensate che bello poter vedere l'aurora boreale» dice Marta. Anche lei è contenta che suo fratello sia qui con noi.

«Non credo sia possibile, so che c'è bisogno del buio per individuarla, e in questa stagione c'è quasi sempre il sole» risponde Giò.

«Peccato, sarebbe stato emozionante.»

Dopo pranzo e dopo esserci spazzolati un paio di panini a testa, mi avvicino ad Arai; ormai si vede solo mare da ore, e non c'è segno della barca di Greenpeace. Considerando i tempi, dovremmo essere quasi a destinazione.

«A che ora arriveremo?» chiedo.

«Non te lo so dire con esattezza, dipende dal mare e dal tempo; ma se tutto va bene entro domani a quest'ora saremo a Tromsø.»

«Domani? Ci deve essere un errore. Il viaggio in tutto dura quarantott'ore» rispondo ridendo.

«Di cosa parli? Sono due giorni ad andare e due giorni a tornare. Devi aver capito male.»

«Cosa? Non è possibile, noi tra quattro giorni dobbiamo essere sull'aereo che ci porta a casa.»

«Stai scherzando? E a che ora dovreste partire?»

«Alle sette, ma dobbiamo essere in aeroporto due ore prima.»

«Non ve lo posso garantire.»

E me lo dice così, in questo modo? Non è possibile; noi dobbiamo assolutamente prendere quel volo. Non è contemplata l'ipotesi di perderlo. Sono talmente sconvolta da non sapere cosa rispondergli. Come è stato possibile che Marta abbia commesso un simile errore? Non può aver capito due invece di quattro. Senza dire una parola vado alla ricerca degli altri, che trovo sotto coperta.

«Abbiamo un problema» dico con la testa che mi gira.

Mi guardano tutti sorpresi.

«Cos'è successo?» chiede Marco.

«Il viaggio dura quattro giorni e non due.»

«Cosa?» urlano in coro Sara e Giò saltando dalle sedie.

«Come hai fatto a capire che erano solo due giorni?» chiedo rivolta a Marta, cercando di contenere la rabbia.

Lei balbetta, visibilmente imbarazzata.

«Sono sicura che ha detto due, ve lo giuro.»

«Arai è stato molto chiaro, adesso che gliel'ho chiesto di nuovo.»

«Non so come spiegarmelo... ero certa che avesse detto due giorni.»

Mi viene da piangere dallo sconforto.

«Forse intendeva a tratta. Cavolo, Marta, ti rendi conto in che casino ci hai messo?»

«Ma io...»

«Ti prego, stai zitta» risponde Giò furiosa.

«Eri talmente decisa a voler partire che non hai ascoltato attentamente quello che ha detto Arai.»

«Non è vero!» protesta.

«Ah no? Ci vorresti dire che con questa storia ti sei comportata in modo ragionevole?» chiede Sara.

«Queste sono delle accuse offensive. E poi ho anche provato a dirvi di farmi partire da sola, quindi non ve la prendete con me se ora siete in questo casino.»

«Sei proprio un'irresponsabile. Hai pensato a cosa succederà quando i nostri genitori non riusciranno a parlarci per quattro giorni? Manderanno gli elicotteri a cercarci. Oddio, non posso credere che ci stia succedendo veramente. Dobbiamo fare qualcosa» dico, sapendo bene che non ci sono vie d'uscita.

«Magari possono lasciarci da qualche parte» prova a dire debolmente Mirko.

«Hai presente dove siamo?» chiede Giò.

«Però hai ragione, possiamo chiedere ad Arai se fa una piccola deviazione e ci lascia lungo la costa» risponde Marco.

«Dobbiamo provare» insiste Mirko.

Afferro Marco per un braccio ed esco alla ricerca di Hans, che trovo alla guida del peschereccio; per fortuna è solo. Gli spieghiamo la situazione e lui rimane in silenzio per qualche minuto.

«Ho paura che non sia così facile. Per il momento siamo lontani dalla costa svariate miglia, tra un'ora arriveremo nella zona della pesca e non finiremo prima di tre ore; a quel punto proseguiremo la rotta verso il nord fino ad arrivare a Tromsø domani per pranzo, o al massimo nel primo pomeriggio.»

«Possibile che non vi fermiate neanche per la notte?»

«Non c'è modo, se vogliamo arrivare in tempo.»

«Ma se gli diciamo di aver cambiato idea non ci sarà più bisogno di arrivare fino a lì. Una volta che avete finito di pescare possiamo tornare indietro.»

«Non è così semplice. Arai ha preso accordi con dei pescatori di Tromsø, l'aspettano domani pomeriggio per acquistargli la merce.»

«Questa è una disgrazia» dico sempre più depressa.

«L'unica cosa da fare è scendere a Tromsø, chiamare i vostri genitori e poi tornare indietro con un treno o con l'aereo.»

Mi sento rinascere, questa sì che è una bella notizia.

«In questo modo però vi perderete la caccia alle balene e la spedizione di Greenpeace.»

«Perché?»

«Si svolgerà la mattina dopo, all'alba.»

«Possiamo sempre scendere al porto, telefonare e poi ripartire con voi. Pensi che tuo fratello accetterebbe di portarci indietro a Tromsø e non fare il viaggio di ritorno con voi?» chiede Marco.

«Direi che è inutile domandarglielo ora, aspettiamo di essere in porto.»

Rincuorata scendo dagli altri e li aggiorno; vedo il colorito delle mie amiche tornare roseo. Ma la questione di Marta non mi convince, ho la sensazione che lei sapesse che il viaggio non poteva durare solo due giorni. Possibile che sarebbe capace di mentire a tutti noi? Eppure i conti non tornano: quando ci è venuta a riferire come stavano le cose non ho notato neanche un momento di esitazione da parte sua. In fondo anche lei si sarebbe messa nei guai con i propri genitori. Come poteva essere così tranquilla sapendo che prima o poi questa storia sarebbe saltata fuori? No, credo che abbia veramente capito male; l'inglese non è certo la nostra lingua madre, anche se Marta quando vuole qualcosa...

Un'ora dopo ci fermiamo, iniziamo la pesca, e ci dimentichiamo completamente del resto; il tempo vola senza che ce ne rendiamo conto. È un continuo issare la rete, togliere i pesci, metterli nelle casse, buttare quello che non serve e calarla nuovamente in acqua. Dopo una decina di volte mi sento la schiena a pezzi e le mani congelate. Guardo gli altri e mi sembra si scorgere lo stesso sfinimento nei loro occhi, ma nessuno osa parlare; siamo piegati a raccogliere i pesci che svicolano da tutte le parti. È una sofferenza vederli ancora vivi mentre si contorcono e boccheggiano per la mancanza d'acqua. All'improvviso vedo Arai parlare con tono nervoso al fratello e poi ai due marinai; vengono subito issate le reti e Hans ci consiglia di scendere al coperto. Inizia a soffiare un vento forte, mentre l'acqua del mare si increspa e all'orizzonte si addensano delle nuvole. Nel giro di poco le onde si alzano e l'aria calma e rilassata di prima lascia il posto a una sensazione di malessere. Seguendo il consiglio del nostro amico scendiamo sotto coperta. Passano pochi minuti e la situazione peggiora, il mare si è fatto più grosso e ci sballotta da una parte all'altra; vado nella nostra cabina e mi distendo con gli occhi chiusi, mentre la nausea aumenta vertiginosamente. Respiro a fondo cercando di non ascoltare il dondolio incessante e gli schricchiolii sinistri del peschereccio. Sento Arai urlare e apro gli occhi di scatto; la barca sembra impennarsi e poi ricadere pesantemente con un tonfo mentre un rumore forte, simile a uno schiaffo, mi fa capire che siamo stati colpiti da un'onda. Lo sapevo che non dovevamo partire, lo sapevo che sarebbe successo qualcosa. Provo a sistemarmi meglio, ma un colpo laterale mi fa scivolare fuori dal letto; urlo e mi aggrappo a quello di fronte. Gli occhi di Marta mi guardano terrorizzati e per un momento penso che se non fosse stato per lei adesso staremmo comodamente al calduccio, a casa di Svein. Ritorno non so come al mio letto e mi chiedo dove sia Marco. Sto per chiamarlo, ma un violento conato mi fa chiudere la bocca all'istante. Com'è possibile che il tempo sia cambiato così velocemente? Cosa succede se la barca si capovolge e noi finiamo in mare? Oddio, non voglio morire annegata, penso sempre più disperata.

«Vale?» mi chiama Sara, dal letto di sopra.

Mugugno qualcosa, sperando mi senta.

«Devo vomitare, ma non penso di riuscire ad arrivare al bagno.»

«Che ti serve?» riesco a dire, a malapena.

«Qualsiasi cosa» risponde.

Mi trascino a tentoni fino alla dinette, dove trovo Marco e Mirko distesi sui divanetti con le mani sullo stomaco. Bella vacanza, non c'è che dire; e per fortuna che per un momento ho pensato sarebbe stata indimenticabile, e certo non intendevo in questo senso. Almeno spero di poterla raccontare a qualcuno e, cara Marta, dopo questa esperienza il mio debito con te è estinto, mi dico afferrando una busta di plastica caduta a terra.

Quando torno al mio letto, trovo Sara affacciata dal suo; guardo a terra e capisco che non ce l'ha fatta ad aspettare il mio aiuto. In un attimo è il caos e tutte e tre la seguiamo, facendo finire sul pavimento tutto il pranzo. Un'ora dopo usciamo dalla tempesta e il mare torna ad avere un aspetto familiare. Anche se un po' ammaccati, puliamo i danni che abbiamo combinato nella stanza. Nessuno osa parlare e a malapena ci diciamo le cose essenziali; lo stomaco è ancora sottosopra e mi sento come se qualcuno mi avesse buttato nel frullatore. Arai si affaccia sulla porta e sorride guardando il caos che regna nella stanza.

«Mangiamo?» chiede con aria innocente.

Noi lo guardiamo schifate e per un attimo mi viene di nuovo da vomitare; osservo il suo viso rilassato e mi chiedo se per fare certi lavori bisogna passare una prova speciale.

«Non hai mai paura di finire in mare?» gli chiedo.

«Direi di no. Comunque lo metti in conto. Il mare può essere inclemente, dà e toglie come vuole; di fronte alla sua furia non puoi farci molto. Devi solo evitare di metterti nella condizione di farti del male.»

«Non avevi previsto questo temporale?» chiedo ancora.

«Quando l'ho sentito al bollettino era troppo tardi, ma sapevo che era passeggero. Forse per voi è stato forte, ma in realtà da queste parti quando ci sono vere tempeste, le onde arrivano a coprire completamente la barca.»

«Si è mai capovolta?» chiede Marta.

«Non questa, ma può capitare, anche se è possibile capire quando la situazione sta peggiorando; in quel caso mandi un messaggio di soccorso, e qualche mercantile o la guardia costiera ti viene in aiuto. A volte succede che il tempo cambi all'improvviso e non fai in tempo a tornare indietro.»

«Dev'essere un lavoro duro.»

«Non c'è male» risponde sorridendo.

«Eri serio quando ci chiedevi di mangiare qualcosa?» chiede Giò.

Lui annuisce.

«Credo che nessuno di noi possa mettere qualcosa nello stomaco» rispondo, facendo una smorfia.

«Vi consiglio di andare a dormire, domani sarà una giornata lunga.»

Finiamo di mettere a posto e poi ci chiudiamo nella stanza insieme a Marco e Mirko. Siamo talmente stanchi che ci addormentiamo dondolati dal leggero movimento del mare.

La mattina dopo, appena alzati, scopriamo che gli altri sono al lavoro già da ore; hanno buttato le reti e aspettano di issarle sulla nave per l'ennesima volta. Sembrano tutti di buon umore; probabilmente la pesca dev'essere andata bene. L'aria è più fredda del giorno prima e il cielo ha un colore plumbeo che non preannuncia niente di buono; anche se l'odore salmastro e di pesce mi fanno tornare i conati, mi impongo di resistere e vado a dare una mano. Uno dei marinai ci indica il merluzzo e l'halibut, ma a me non dicono molto, a parte che qualcuno è più tondo di un altro. Non capisco come si faccia ad amare i piatti a base di pesce, quest'odore così forte è insopportabile anche dopo cucinato. Arriccio il naso, mentre ne afferro uno per la pinna e lo getto nella cassetta. Non mi toglierò la puzza di dosso per mesi, e considerando che normalmente il pesce non mi piace molto, dopo un'esperienza del genere lo cancellerò definitivamente dalla mia tavola. Guardo Marta e mi sento di avercela ancora con lei; la storia dei due/quattro giorni mi continua a ronzare nella testa; prima o poi devo scoprire la verità. La pompa dell'acqua pulisce il ponte e mi vado a sedere su una cima seguita da Marco.

«Come mai quella faccia?» chiede.
«Non riesco a togliermi dalla testa che Marta ci abbia mentito intenzionalmente.»
«Mi sembra un'accusa pesante. Perché l'avrebbe fatto?»
Gli racconto di Eric e della sua idea fissa di volerlo seguire a ogni costo, ma nonostante questo, Marco non pensa sarebbe capace di arrivare a tanto.
«Perché non glielo chiedi?»
«Pensi che avrebbe il coraggio di ammetterlo sapendo che stiamo rischiando tutti di perdere l'aereo, oltre che di essere scoperte dai nostri genitori?»
«Hai ragione, meglio aspettare che sia tutto passato.»
Lo bacio sulla bocca. Per fortuna lui non sa di pesce!
«Come mai sei sempre così ragionevole?»
Lui alza le spalle. All'improvviso sentiamo un urlo e vediamo Sara che gesticola indicando un punto in mezzo al mare. Corriamo verso di lei e cerchiamo di mettere a fuoco, ma oltre alla superficie dell'acqua non ci sembra di vedere altro.
«Era proprio lì, tra quelle onde; ve lo giuro, ho visto una gobba uscire dall'acqua e poi uno spruzzo, sono sicura. Era un pesce, non so bene di che tipo, ma lo era.»
Fissiamo ancora l'acqua, ma non si muove niente, a parte il mare stesso.
«È inutile che mi guardate con quella faccia, non sto delirando, o per lo meno non ancora. Vi assicuro che laggiù c'era qualcosa.»
Ma passano i minuti e non succede niente, così ci allontaniamo. Proprio in quel momento Sara urla ancora più forte. Torniamo sui nostri passi; ci affacciamo dalla barca e finalmente una sagoma argentea si alza dalla superficie e poi si inabissa di nuovo. Urliamo tutti per lo stupore e battiamo anche le mani; è vero, qualcosa si muove. Mio dio, qualche pesce enorme sta nuotando vicino a noi. Chiamiamo Hans e poi Arai, e gli indichia-

mo il punto esatto. Dopo pochi secondi ecco di nuovo uno spruzzo e questa volta appare una pinna.

«È un capodoglio, e non è neanche piccolo.»

Corro di sotto a prendere la macchina fotografica e poi risalgo di nuovo con il fiatone.

«Una foto, facciamo una foto, veloci, prima che vada via di nuovo. Arai, ti prego, ce ne fai una?»

Lui prende la macchina e noi ci allineiamo cercando di fare vedere anche la balena.

«Sì, sì, sì. Mi raccomando, prendila quando esce dall'acqua o mostra la pinna. Scattane un centinaio, così siamo sicuri che in qualcuna si veda bene. Non posso crederci che sia proprio vicina a noi. Mio dio, Sara, come hai fatto a vederla?»

Lei è sovraeccitata quanto me mentre si stringe a Mirko e lo bacia sulla bocca. Giò riesce a immortalarli abbracciati; sono così carini, lei con i capelli spettinati e lui che le sorride. Faccio l'occhiolino alla mia amica, che ricambia divertita e immortala anche me. Quando smettiamo di scattare le foto, il pesciolone se n'è andato da un bel pezzo.

Dopo pranzo arriviamo finalmente al porto, e per prima cosa chiamo i miei per dirgli che è tutto a posto. Ci informiamo sulle partenze per Bergen e scopriamo ci sono vari modi per tornare indietro; optiamo per il treno, decisamente più economico anche se più lungo; ma l'importante è arrivare in tempo per prendere l'aereo per Roma.

Ci fermiamo a mangiare in un posticino vicino al porto, dove hanno solo piatti a base di pesce. Consapevole di non poter stare digiuna ancora un giorno, ordino il merluzzo e provo a non pensare a quello che si agitava sulla barca.

Al porto troviamo il peschereccio vuoto; ci sediamo sulla banchina e aspettiamo.

«Andiamo o no domani?» chiedo.

Guardiamo tutti Marta, che rimane in silenzio.

«Se il ritorno è previsto tardi, credo sia il caso di lasciar perdere» risponde Giò.

Sara e Mirko concordano, e anche Marco pensa che sia la decisione migliore.

«Non dici niente, Marta?»

«Perché, ho voce in capitolo?»

E poi sarei io quella melodrammarica!

Sta per rispondere quando sentiamo una voce che mi sembra di riconoscere. Ma sì, è proprio lui: Eric. Vedo Marta scattare in piedi e andargli incontro, ma lui sembra non riconoscerla e prosegue per la sua strada.

«Era lui, avete visto, era proprio lui. Ha fatto finta di non conoscerci, oddio che cosa orribile!»

«Non è vero, non ci ha proprio visto. Cosa ti viene in mente?» dice Sara.

«Chi era?» chiede Marco.

«Eric» rispondo in modo allusivo. Lui annuisce.

«Seguiamolo» dice Marta.

«Non mi sembra il caso. Ti ricordi cosa ci ha detto? Che ha paura che gli organizzatori di Greenpeace possano ritenerlo responsabile della nostra presenza» rispondo.

«Se è così ho ragione io, ha fatto finta di non conoscerci» insiste testarda.

«Ascolta, Marta, te lo devi togliere dalla testa, non mi sembra una persona così interessante.»

«Perché dici questo? Neanche lo conosci.»

«Non penso si sia comportato bene rispetto a questa storia. Mi è sembrato esagerato quando gli abbiamo detto che venivamo anche noi, ma con un'altra barca.»

«Non saprò mai se hai ragione» risponde, fissando il mare.

Okay, adesso siamo passati alla fase negativa. Quando fa così non la sopporto...

Per fortuna arriva Hans a salvarci dalla situazione.

Dopo una lunga chiacchierata arriviamo alla conclusione che faremo la nostra spedizione. Primo perché Arai ci assicura di portarci a Tromsø per l'ora di pranzo del giorno dopo, quindi in tempo per prendere il treno per Bergen, e secondo perché ci sembra veramente da stupidi essere arrivati fin qui per tornare indietro senza aver raggiunto il nostro scopo. Alla fine, abbiamo fatto ancora una volta quello che voleva Marta, penso, mentre saliamo a bordo e scendiamo in coperta.

14

Sono le quattro del mattino, il mare è leggermente agitato; abbiamo lasciato il porto da un paio d'ore e il vento è particolarmente fastidioso. Violente raffiche passano veloci sull'acqua facendo alzare dei leggeri schizzi, ma come ci ha detto Arai, dobbiamo preoccuparci quando il vento arriva dalla direzione opposta. Non abbiamo praticamente dormito per quanto siamo agitati. Hans ieri sera si è informato sul punto esatto in cui i cacciatori vanno a pescare, e per tutto il tragitto ci ha dato indicazioni precise su quello che dobbiamo fare: assolutamente nulla, neanche le fotografie sono previste. Per motivi di sicurezza si terranno a qualche miglio di distanza, e si avvicineranno solo se si dovessero presentare le condizioni. In silenzio fissiamo l'orizzonte e ci aspettiamo da un momento all'altro di vedere qualche nave da caccia. Non so bene cosa immaginarmi, forse una nave da guerra, una di quelle che hanno armi e munizioni pronte all'uso; ma ovviamente non sarà così. Anzi, credo siano pescherecci più grandi, con degli argani per tirare su le balene. Procediamo velocemente e avvistiamo un paio di barche, ma Hans ci spiega che non sono quelle giuste. Dopo un'altra ora arriviamo finalmente in prossimità del posto indicato e intravediamo in lontananza una grossa nave, con un'altra poco distante. Arai rallenta l'andatura e lentamente ci avviciniamo. Il mare intanto sembra sentirsi agitato quanto noi, perché le onde hanno cominciato a ingrandirsi e la nostra imbarcazione sale e scende, scomparendo ogni volta. Cerchiamo di rimanere fisse ai nostri posti sorreggendoci a quello che pensiamo sia un appiglio sicuro.

«Quella a destra è la baleniera» urla Arai, cercando di farsi sentire tra le raffiche di vento.

«Ho paura che non potremo rimanere a lungo, il vento si sta alzando troppo in fretta» continua.

«Non avevi detto che era pericoloso solo se girava?» chiede Marco.

«È vero, ma anche questo, se aumenta, può creare qualche problema.»

«Da qui non si vede niente, non possiamo avvicinarci ancora?» chiede Marta.

La nostra barca fa un altro tratto di mare e finalmente riusciamo a riconoscere la scritta 'Greenpeace' sul lato della nave di sinistra. Per l'emozione sento un nodo alla gola e cerco Marco con lo sguardo; lui, dall'altra parte della nave, mi sorride e mi manda un bacio.

Si vedono degli uomini che urlano da un megafono su un gommone, che ha le stesse scritte della nave stampate di lato. Guardo affascinata questa piccola imbarcazione che gira intorno alla baleniera che sembra più imponente che mai. Trattengo il fiato quando gli vengono lanciati contro degli oggetti che non riesco a identificare, sembrano lance, ma non ne sono sicura. All'improvviso una balena fa un salto dall'acqua e ricade pesantemente. Trattengo il fiato, mai visto un animale così grande, penso esterrefatta. Guardo terrorizzata la nave e poi di nuovo il cetaceo che scompare alla mia vista. Ti prego, vattene via, nuota lontano e non guardarti indietro. Non sai in che pericolo ti stai mettendo, devi fuggire via più veloce della luce.

«Bisognerebbe allontanarla» urlo disperata, ma il vento è troppo forte e le mie parole si perdono nell'aria. Mi alzo di scatto, ma un'onda mi sbalza contro il parapetto facendomi cadere a terra, mi alzo veloce, e un'altra mi colpisce in piena faccia. Chiudo gli occhi e li riapro, sentendo delle braccia spingermi verso un riparo. Marco mi abbassa e fa cenno di tenermi alle cime legate a terra.

Annuisco, ma dopo pochi minuti mi alzo leggermente per vedere cosa sta succedendo. Tra di noi regna il silenzio, ognuno è concentrato a seguire l'operazione. Quando finalmente siamo quasi a ridosso della barca di Greenpeace, un megafono ci intima di non avvicinarci troppo. Arai rallenta e si sposta leggermente. In lontananza la balena affiora di nuovo e uno sbuffo d'acqua viene spruzzato in alto. Vattene, stupida balena, vattene via, possibile che tutti questi estranei non ti danno fastidio? Poi succede qualcosa, perché le urla del megafono si fanno più alte e il gommone accelera verso un'area indefinita; seguiamo con lo sguardo e dall'agitazione generale capiamo che la balena è stata colpita. Il mio cuore si ferma e mi salgono le lacrime agli occhi. No, ti prego, fa' che non sia vero, fa' che adesso con un colpo di pinna riesce a liberarsi e va via di nuovo, come ha recitato Jorg l'altro giorno. Ma purtoppo non è così, un'enorme macchia di sangue si spande sulla superficie del mare e io scoppio a piangere come un bambino.

«Non è giusto, non possono fare una cosa del genere» dico disperata.

«Dobbiamo andare più vicino e dargli una mano e liberarla» urla Marta ad Arai.

«Non se ne parla neanche. L'unica cosa che possiamo fare è chiamare la capitaneria di porto e avvertirli che c'è in corso una caccia illegale in un'area protetta.»

«E allora cosa aspettiamo? Chiamiamo e poi tiriamogli dei lanciarazzi per cacciarli via» aggiunge Marco.

«Calma, ragazzi, non lasciatevi prendere la mano. Quella è gente pericolosa» si intromette Hans.

«Dobbiamo fare qualcosa, non è possibile assistere a questo scempio» si unisce Giò.

«La presenza è già di per sé un disturbo, ve lo posso assicurare.»

«Non per quella balena. Adesso cosa faranno, loro?»

«Cercheranno di impedirgli di tirarla sulla nave.»

«Non possono tagliare la cima con cui è legato l'arpione?» chiedo.

«Sarebbe troppo pericoloso.»

Continuiamo a fissare quella pozza rossa che si allarga implacabile, anche se le onde non ci permettono di stare immobili, e l'imbarcazione viene spostata e sballottata in continuazione. Ogni volta veniamo sbalzati in avanti, avvicinandoci di più alle navi. Veniamo richiamati a mantenere le distanze di sicurezza ancora una volta, e Arai cerca di recuperare spazio.

«Hanno detto che proveranno a mandare un elicottero per capire la situazione, e una nave veloce sta già partendo dal porto» dice Hans.

Lentamente la balena viene fatta avvicinare alla nave, nonostante si agiti e si muova in continuazione. Il gommone, per impedire il passaggio, si mette davanti l'entrata e la nave cerca di colpirlo arretrando. Urliamo quando il gommone sbatte contro la parete, ma poi con un'agile mossa il pilota si allontana di qualche metro e riacquista la stabilità.

Comincio a sentire il freddo arrivarmi fino alle ossa, ma sono talmente tesa che non riesco a pensare ad altro se non a trovare un modo per salvare la balena. All'improvviso un lampo squarcia il cielo e un tuono irrompe nell'aria lasciandoci tutti quanti ammutoliti. In un secondo, al vento si aggiunge una pioggia incessante che diminuisce ulteriormente la visibilità.

«È ora di tornare indietro» urla Arai.

«Non possiamo andare via proprio adesso, aspettiamo almeno l'elicottero.»

«Non verranno, il vento è troppo forte e noi non possiamo aspettare oltre, scendete di sotto.»

Ci alziamo in piedi e in quel momento prediamo in pieno un'onda enorme che fa inclinare pericolosamente il peschereccio.

«Tenetevi forte» urla Arai.

Afferro la prima cosa che mi trovo davanti, ma scivolo e vengo scaraventata dalla parte opposta. Con la coda dell'occhio vedo Marta inciampare su una cima e andare a finire sopra una cassa di pesce. Sto per rialzarmi per aiutarla, ma un'altra onda ci colpisce di nuovo e un attimo dopo la mia amica è scomparsa.

«Nooooo!» urlo con quanto fiato ho in gola.

«Cosa succede?» chiede Hans accorso vicino a me.

«È caduta in mare, Marta è caduta in mare» dico in preda al panico.

«Non vi azzardate a fare niente. Tutti di sotto, ho detto, alla vostra amica ci pensiamo noi» urla di rimando Arai in modo perentorio.

Rimango immobile dove sono, incapace di fare un solo passo. Non è possibile che stia succedendo, ti prego, facciamo che adesso mi sveglio e scopro di aver avuto un incubo.

«Bisogna fare qualcosa, starà affogando» dico isterica e scoppio in un pianto dirotto.

«Vattene via, se non te ne vai nel giro di un minuto butto in mare anche a te!» mi dice Arai mentre impartisce ordini ai marinai e a Hans. Non l'ascolto, rimango immobile, stretta alla mia presa mentre le lacrime si mescolano alla pioggia e all'acqua salata. Non mi importa più di niente, non doveva andare a finire così; non è giusto. Ti prego, Marta, resisti, non mi lasciare, non è ancora arrivato il tuo momento. Abbiamo tante cose da fare, la vita è ancora lunga. Non puoi morire adesso, non è giusto. Combatti, non permettere che le onde ti portino via da me e dalla vita. Devi vivere, il destino non può volere questo per te. Mi stringo le ginocchia, rannicchiata nel mio angoletto e ripeto come una nenia queste parole: resisti, resisti, resisti. Perché stiamo arrivando, perché il mondo non sarebbe lo stesso senza di te. Devi innamorarti di nuovo, scoprire quale sarà il tuo lavoro e quante vite devi ancora vivere. Perché non sai quante volte ti sposerai o quanti figli avrai, perché diventerai una cantante famosa, oppure perché sei destinata a opere più grandi e nobili. Mollando adesso non sapresti mai quale sarebbe stato il tuo destino.

Ascolto il sibilo del vento e un violento scroscio d'acqua mi colpisce in pieno, ma io non sento niente, né il freddo né la sgradevole sensazione dei vestiti bagnati sulla pelle. Lascio che il mondo si allontani da me e mi concentro solo sull'unica cosa che conta in questo momento e prego, con tutta me stessa, di poter ancora abbracciare Marta.

Vengo sollevata di peso e portata al riparo. Lascio che mi tolgano i vestiti e mi facciano indossare qualcosa di caldo. Mi addormento e poi mi sveglio di soprassalto, con la testa confusa. Mi sento bollente come se avessi la febbre. Cerco di liberarmi dalle coperte, ma dopo poco me le ritrovo addosso. Sudo, e la maglietta mi si appiccica addosso, ma quando mi sveglio poco dopo sono di nuovo asciutta. Le ossa mi fanno male, a ogni movimento sento uno scricchiolio che mi ricorda quello della barca. Tocco il lenzuolo, e rassicurata scivolo di nuovo nel sonno. Sento delle voci intorno a me, le ignoro, sono troppo stanca per scoprire di cosa stanno parlando. Allungo le gambe e poi le rannicchio subito dopo, così mi sento più protetta. Il mio stomaco gorgoglia, ma faccio finta di niente, non mi sembra il momento adatto per pensare al cibo. Eppure non mi ricordo l'ultima volta che ho fatto un pasto decente. Non sono a casa mia, questo è sicuro: gli odori non li riconosco e poi è inutile che faccio finta di niente, lo so che sto in mezzo al mare, lo si capisce dal dondolio. Mi giro su un fianco e poi sull'altro. Il letto è decisamente poco confortevole, vorrei trovarmi in quello caldo e morbido di casa. Dove sono i miei e quando li rivedrò? Dovrei chiamarli e dirgli che sto bene, ma forse lo sanno già. E gli altri che fine hanno fatto, dormono come me? Mi scopro e poi mi trovo di nuovo con il lenzuolo fino al collo. Sono per caso controllata? Non è che mi è successo qualcosa come quest'inverno in montagna, quando mi sono svegliata in ospedale? No, non può esserci un ospedale in mezzo al mare, o almeno credo. E Marco dov'è? Possibile che se ne sono andati tutti e mi hanno lasciato da sola? Impossibile, qualcuno con me c'è, lo sento.

Apro leggermente gli occhi, ma non riconosco il posto, non sono sul peschereccio, questo è certo. Allora forse quella brutta storia me la sono veramente sognata. Un signore si avvicina e mi dice qualcosa, io lo guardo senza rispondere: chi diavolo è questo qui? Non mi sembra di averlo mai visto. Mi giro e osservo la stanza che mi circonda; direi una cabina abbastanza accogliente ma impersonale.

«Dove mi trovo?» chiedo.

«Sulla barca della guardia costiera, ti stiamo portando a terra.»

Di cosa parla?

«Vorrei vedere gli altri.»

Il signore mi aiuta ad alzarmi e mi conduce attraverso un'altra stanza. Ci sono tutti meno Marta, e per un attimo temo il peggio. Ci abbracciamo e poi mi stringo con forza a Marco.

«Dov'è?» chiedo senza tanti giri di parole.

Mi indicano un'altra porta che varco senza chiedere

il permesso. Entro, lei è seduta sul letto che guarda un punto del muro di fronte.

«Marta» dico.

Lei si gira e mi guarda, scoppiamo in lacrime tutte e due e ci abbracciamo.

«Ho creduto di morire, Vale, per la prima volta nella mia vita ho veramente pensato di non farcela. Non auguro a nessuno di cadere in mezzo al mare durante una tempesta.»

«Chi ti ha trovato? Arai e gli altri?»

«Sì, non so come abbiano fatto. Cominciavo a sentirmi mancare le forze; ogni volta che tentavo di rimanere in superficie venivo di nuovo sommersa dall'acqua. Una sensazione orrenda, come se qualcuno mi spingesse verso il basso, e ovunque guardassi vedevo solo mare e onde; e poi c'era quella pioggia incessante che non mi faceva tenere gli occhi aperti. Ho temuto pure che la barca potesse venirmi addosso. Alla fine ho visto una ciambella legata a una cima che veniva lanciata in mezzo al mare, non lontana da me, così ho provato a raggiungerla; ma ogni bracciata che facevo veniva vanificata dalla corrente. Un incubo, Vale, una sensazione indescrivibile. Se non avessi visto il lancio della ciambella penso che mi sarei arresa.»

«Non lo dire neanche per scherzo.»

«Per fortuna è durato tutto pochissimi secondi altrimenti morivo congelata. Sento ancora i brividi di freddo lungo il corpo. È una cosa che non dimenticherò mai più nella mia vita.»

Rimaniamo abbracciate ancora un po'.

«Perché siamo sulla barca della capitaneria?» chiedo.

«Arai ci ha voluto consegnare a loro. Ha detto che visto il mare era più sicuro se ci riportavano indietro sane e salve.»

«Stiamo andando a Tromsø, allora?»

«Credo proprio di sì.»

Dio che avventura, penso mentre torno nella mia stanza preparandomi a scendere a terra. Prendo le mie cose, le infilo nello zaino e raggiungo gli altri. Aspettiamo che la barca attracchi rimanendo all'interno, e quando ci fanno segno di seguirli prendiamo le nostre cose e ci avviamo verso l'uscita. Finalmente la terraferma, penso, ma non faccio in tempo a poggiare il piede sulla scaletta che un flash mi colpisce in pieno viso. Alzo gli occhi e un gruppetto di persone ci accoglie facendoci mille domande. Guardo gli altri che sono sorpresi quanto me.

«Cosa sta succedendo? Perché ci state fotografando?» chiedo a un ragazzo che non smette di fare foto.

«Domani sarete delle celebrità, apparirete su tutti i giornali, anche quelli stranieri. Il titolo sarà 'Gruppo di italiani presenti all'ultima spedizione di Greenpeace nei Mari del Nord. Una ragazza cade in mare, qualche spavento ma niente di grave.'»

Cosa? E ora chi glielo spiega ai miei cosa ci facevo in mezzo al Mare del Nord?

Sangue Blu di Melissa de la Cruz
Bacio sacro di Melissa de la Cruz
Le mie prime volte di Claire Loup
La ragazza del mare di Sara Zarr
Evermore di Alyson Noël
Afrodite e l'uomo misterioso di Ritta Jacobsson
Rivelazioni di Melissa de la Cruz
Alicia zenzero e cannella di Shari H. Grilli
Il diario di Eve Rosser di Rachel Caine
Blue Moon di Alyson Noël
L'eredità di Schuyler di Melissa de la Cruz

Teens Varia

Tokio Hotel di Michael Fuchs-Gamböck e Thorsten Schatz
Jonas Brothers di Lexi Ryals
Il sogno di Valentina – il graphic novel di Valentina F. con i disegni di Tomatozombie
Corbin Bleu di Mel Williams
Amy Winehouse di Chas Newkey-Burden
È sesso o amore? di Darcy Luadzers
La scuola siamo noi di Emiliano Sbaraglia
Sono o non sono una romantic girl? di Francesca Tripodi e Cristiana Giordano
I segreti di Bella e Edward. Amori, amicizie e vampiri di Nicola Bardola
Alessandra Amoroso di Angelo Gregoris e Alessandra Celentano
Il bambino della spiaggia di Emiliano Sbaraglia
Baci e bugie di Lauren Henderson

TIF Ragazzi

J.K. Rowling la maga dietro Harry Potter di Mark Shapiro
I magici mondi di Harry Potter di David Colbert
Peggy Sue e gli Invisibili – Il giorno del cane blu di Serge Brussolo
Peggy Sue e gli Invisibili – Il sonno del gigante di Serge Brussolo
Peggy Sue e gli Invisibili – La farfalla degli abissi di Serge Brussolo
Peggy Sue e gli Invisibili – Lo zoo stregato di Serge Brussolo

Tweens

Il gatto dagli occhi d'oro di Silvana De Mari
Bambini nel bosco di Beatrice Masini
La bambina che leggeva i libri di Pierdomenico Baccalario
La torre e l'isola di Ana Alonso e Javier Pelegrín
Odore di guai di Marco Tomatis

Kids

Il più grande fiore del mondo di José Saramago
Il circo delle nuvole di Gek Tessaro
L'Amore forte forte di Loredana Frescura e Gek Tessaro
Cin Ciao C'è di Gek Tessaro

Ragazzi

J.K. Rowling la maga dietro Harry Potter (Esaurito) di Marc Shapiro
I magici mondi di Harry Potter di David Colbert
J.K. Rowling la maga dietro Harry Potter (II edizione) di Marc Shapiro
Peggy Sue e gli Invisibili - Il giorno del cane blu di Serge Brussolo
I magici mondi del Signore degli Anelli di David Colbert
Peggy Sue e gli Invisibili - Il sonno del demonio di Serge Brussolo
Sigrid e i mondi perduti - L'occhio della piovra di Serge Brussolo
Peggy Sue e gli Invisibili - La farfalla degli abissi di Serge Brussolo
Damlo il roscio - La spina del drago di Luca Trugenberger
I magici mondi di Harry Potter (II edizione) di David Colbert
J.K. Rowling la maga dietro Harry Potter (III edizione) di Marc Shapiro
Sigrid e i mondi perduti - La fidanzata del Rospo di Serge Brussolo
La mappa dei magici mondi di Harry Potter di David Colbert
Damlo il roscio - Il sigillo di Zànter di Luca Trugenberger
Peggy Sue e gli Invisibili - Lo zoo stregato di Serge Brussolo
Sigrid e i mondi perduti - Il grande serpente di Serge Brussolo
Damlo il roscio - Il volto del nemico di Luca Trugenberger

Peggy Sue e gli Invisibili - Il castello nero di Serge Brussolo
Amos Daragon - L'alfiere delle maschere di Bryan Perro
Sigrid e i mondi perduti - La città sommersa di Serge Brussolo
Luna Chiara & Apollo 11 di Adriana Falcão
Peggy Sue e gli Invisibili - La creatura del sottosuolo di Serge Brussolo
Amos Daragon - Il crepuscolo degli dèi di Bryan Perro
Élodie e il Signore dei Sogni - La principessa senza memoria di Serge Brussolo
Peggy Sue e gli Invisibili - La rivolta dei draghi di Serge Brussolo
Due ali per un regno di Clive Woodall
I Borrible di Michael de Larrabeiti
I Borrible alla riscossa di Michael de Larrabeiti
La settima strega di Paola Zannoner
Peggy Sue e gli Invisibili - La giungla rossa di Serge Brussolo
I Borrible – Viaggio nella metropoli oscura di Michael de Larrabeiti
La Fantasia dei Maddigan di Margaret Mahy
Il libro magico di China Miéville
Jack Flint e la spada magica di Joe Donnelly
Peggy Sue e gli Invisibili - La luce misteriosa di Serge Brussolo
Andrea e Lu e la zuppa di pesce stellare di Emanuela Nava
Il carillon di Ludwig di Patrizia Rossi
Arthur e lo stregone nero di Claudio Tassitano
Jack Flint e l'antica maledizione di Joe Donnelly

In libreria

Loredana Frescura - Marco Tomatis

Come Checco detto Finocchio si salvò

192 pagine
15,00 euro

Ci sono cinque amici e compagni di classe e c'è un preside alla soglia della pensione che li osserva da lontano ma a volte gli è molto vicino. C'è Teresa, detta 'Gambe a Fiori', che si dipinge le gambe per mascherare i lividi lasciati dalle violenze subite; Carla chiamata 'Puttana', leggera e spudorata, ma molto forte e sensibile; Graziano 'Scarpe Strette', che somiglia a un gigante impacciato e non vuole curare la propria malattia; e poi Enrico 'Cervello Bruciato', che abusa di alcol e droghe; e infine Francesco detto 'Finocchio', un genio della matematica insultato e deriso per la sua presunta omosessualità. La loro vita trascorre in maniera complessa tra il cattivo, se non drammatico, rapporto con i genitori, e lo scontro continuo con professori e bulli della scuola, tra i comportamenti spesso oltre il margine della legalità e il desiderio di non avere limiti e proibizioni. Ma il preside è l'unico che sembra capirli, gli sta accanto e li guida, facendo scoprire a ognuno di loro che la solidarietà e la maturazione potranno portarli a straordinari e profondi cambiamenti. E quando tutto sembra assumere i toni del dramma e ogni cosa sembra perduta, i cinque amici troveranno la forza di volontà per sconfiggere ciò che amano definire come 'Tutto Quello': i soprusi, le sopraffazioni, la violenza, l'ottusità di una realtà che sembra non appartenergli ma che li assorbe con la sua inesorabile indifferenza.

In libreria

Alyson Noël

Blue moon

352 pagine
16,00 euro

Ever sta imparando tutto quello che può sulle sue nuove capacità, guidata da Damen nel mondo oscuro e seducente degli immortali. Ma qualcosa di terribile sta succedendo al suo amato ragazzo. Mentre i poteri di Ever aumentano, quelli di Damen cominciano a scomparire, dopo una misteriosa malattia che minaccia la sua memoria, la sua identità, la sua vita. Per provare a salvarlo, Ever viaggia nella mistica dimensione di Summerland, dove scopre non solo terrificanti segreti del passato di Damen, ma anche un antico testo che rivela il funzionamento del tempo. Con l'avvicinamento della luna blu, che si annuncia alla sua finestra solo per i viaggi, Ever sarà costretta a scegliere: riportare indietro l'orologio, sottraendo all'incidente mortale la sua famiglia, o restare nel presente e mettere in salvo Damen, che ogni giorno diventa più debole...

In libreria

Rachel Caine

Il diario di Eve Rosser

288 pagine
14,00 euro

Claire Danvers è una matricola del college di Morganville, nel Texas. È appena arrivata nel dormitorio femminile e già le sembra un incubo: le ragazze più popolari dell'università l'hanno presa di mira, e passano velocemente dai piccoli dispetti alle minacce, fino ad arrivare alla violenza fisica. Cercando un rifugio fuori dal campus, Claire si ritrova a Glass House, un'antica e imponente casa dove vivono tre ragazzi: Eve, una barista dark; Shane, un tipo affascinante esperto di cucina messicana; Michael, il proprietario della villa, il quale nasconde un grande segreto che lo lega alla luce del sole e alle mura che lo circondano. I nuovi coinquilini diventano subito amici di Claire, si alleano con lei, la difendono dalle molestie e la mettono in guardia dai pericoli della città. Perché Morganville ha delle regole ben precise, nasconde una storia oscura e tormentata fatta di patti e sangue, e ogni passo falso può costare la vita a chi si avventura per le strade quando cala il buio, senza nessun tipo di protezione.

In libreria

Ritta Jacobsson

Afrodite e l'uomo misterioso

320 pagine
16,00 euro

È una sera d'autunno e Mikaela sta camminando sotto la pioggia battente: ha perso l'ultimo autobus e sta tornando a casa a piedi, quando un uomo si ferma e le offre un passaggio: la ragazza accetta come se lo conoscesse. Il mattino dopo, mentre sta portando a spasso il suo cane, Afrodite s'imbatte in un rottweiler ferito, Campanellino, l'amico fidato di un suo compagno di scuola, Linus. Passano alcuni giorni senza che accada nulla ma poi viene ritrovato in un bosco il corpo di Mikaela: anche lei era in classe con Afrodite. Chi può averla uccisa, e per quale motivo? Esiste un legame tra l'incidente occorso a Campanellino e l'omicidio? Afrodite, che da grande vuole fare la poliziotta, comincia a investigare. Ma più si addentra nella sua indagine, più rimane delusa dalla rete di menzogne e illegalità che avvolge il mondo degli adulti, compresi i suoi stessi genitori. Un muro di silenzio sembra circondarla. Perché il padre si rifiuta di rispondere apertamente su dove fosse la notte in cui Mikaela è scomparsa? E cosa si nasconde dietro il viavai di auto di lusso che si vedono sempre più spesso nel quartiere? Per scoprire la verità e riscattare il nome di Mikaela, Afrodite dovrà affidarsi al suo intuito e al suo coraggio e potrà contare solo sull'amore che lei prova per Linus e che lui sembra ricambiare.

In libreria

Sabina Colloredo

Tutto di personale

224 pagine

14,00 euro

Sara ha compiuto 19 anni e la storia con Carlo, l'ex migliore amico di suo fratello, è ormai acqua passata. Si è iscritta alla facoltà di giurisprudenza e le sue giornate trascorrono tra lo studio e le serate con le amiche con un unico sogno: andare a vivere da sola. Ed ecco che la fortuna l'assiste: in pochi giorni si libera il monolocale di suo padre e finalmente Sara ha una vita tutta sua. Ma non tutto procede come vorrebbe... E così, tra un improvviso ritorno del padre, disperso chissà dove e accompagnato da due splendidi bimbi africani, il nuovo fidanzato di sua madre, un poliziotto di dieci anni più giovane, bello e tenebroso, la sua migliore amica che ha deciso di mettersi con suo fratello e le parla di sesso come se nulla fosse, e un incontro estivo che pare non portare a nulla, Sara finirà per conoscere una persona sbagliata, che la costringerà ad affrontare un dolore che mai avrebbe pensato potesse esistere. Sarà proprio in quel momento che chi sembrava così lontano e irraggiungibile, egoista e insensibile, si svelerà essere la forza che serve per risollevarsi nei momenti peggiori. Un libro che si legge tutto d'un fiato, una lettura da non perdere.

Per consultare il nostro catalogo
visita il sito www.fanucci.it
e iscriviti alla newsletter
per essere continuamente aggiornato
sulle nostre pubblicazioni.

Visita il blog di Valentina F. all'indirizzo
http://www.vale-tvukdb.blogspot.com/
e il sito www.tvukdb.it

FSC

La carta utilizzata per la stampa di questo libro
ha ottenuto la certificazione ambientale
del Forest Stewardship Council. Il marchio F.S.C.
identifica i prodotti contenenti legno
proveniente da foreste gestite secondo
rigorosi standard ambientali, sociali ed economici.

Finito di stampare nell'aprile 2010 presso
Puntoweb – via Variante di Cancelliera snc – Ariccia (RM)
Printed in Italy